黑首部曲之

毛起來愛的小黑

如果你
喜歡動物目前也有在養的話；
喜歡動物但目前還沒養的話，
不喜歡動物但目前有養的話；
不喜歡動物也不打算養的話，
有太多太多的假設......

一本適合全家大小的溫馨狗劇，熱情等你來挖掘～

作者 馮家賓

目次

毛起來愛的小黑

作者序

這是一本關於「善待動物」、「與動物和平共存」的書，也是寫給我女兒的一本書。

人很奇怪，單身的時候有單身的那套自以為是，及各種揣摩愛情、婚姻的理論；結婚之後又有已婚者的那套「想要長久就要懂得如何和另一半相處」的體悟；在有了孩子之後，不管是從哪聽來的，自己或許認同或不認同的道理，人的心卻不可否認地不知不覺變得柔軟了起來。

這本書寫著寫著，很難想像當人在面對一個新生命的加入，同時又得面對健康的挫折下，會有這樣的轉變。會拿過去很多事情來思考，再想想現在可能會有的處理方式。現在的我覺得愛就是陪伴，不管是人陪人或者是動物陪你。人與動物應該是一樣的，畢竟動物也是有感情的，而人最需要的就是陪伴，陪你走過好的、不好的、平淡的、難過的、快樂的……

推薦序　李韋蓉 心理師

現任：
杏語心靈診所資深治療師
國立陽明大學心理師
國立師範大學心理師
輔仁大學心理師
經國管理健康學院講師

如果你不懂狗，也沒關係，因為這不是一本關於狗的書，這是一本關於陪伴的故事。如果連小黑都會知道，不離不棄是一輩子的承諾，那我們應該還有更多的勇氣，把愛實踐，把生命走完。

在心理治療診間，有許多人在心靈最深的滿足，竟是來自於自己的寵物。這不讓我意外，因為 21 世紀的議題，就是寂寞。每個人都有專屬的寂寞，那是再溫暖的擁抱也填不滿的遺憾。

存在主義的人性觀點曾論述過：「在我們想要穩穩地站在別人面前之前，必須先做到自己獨立地站地來。人的存在是孤獨又

得與他人連結的，這個命題看來是像個矛盾，但這樣的矛盾卻描述出了人存在的事實。若想要治癒這樣的狀況，或是認為這種狀況應該被治癒，都是錯誤的。我們終將孤獨。」

如何面對自己的寂寞，最好的方式，就是學習陪伴他人。因為在感情的連結中，人們才有機會正視生命的起落與無常。而「小黑」，就是我們最好的導師。它選擇把自己的信任交給主人，而陪伴的最重要歷程，就是我們必須有能力相信。

寂寞不會因為一隻狗的陪伴就會遠離，但是有愛的陪伴，會讓人更有勇氣去面對生命的寂寞。這是「小黑」，在書中，從頭到尾，最想說的一句話。

推薦序　楊立行 教授

現任：

國立政治大學心理學系副教授

透過母狗小黑的眼，本書記錄了這世間最真摯可貴的情感交流；那是家人的親情，更是一輩子的陪伴與成長。

全書以母狗小黑為第一人稱寫作，純真中更見善良，就好像初生嬰兒一般對這世界充滿著好奇。在與老大一家人相處的過程中，小黑從媽媽那兒接下了擔任守護犬的棒子，從此開始學習與人類相處，除了了解老大一家人各個喜好之外，也漸漸懂得如何拿捏自己的角色，有時是守護門禁的好警衛，有時則是跟老大一家人玩耍的好玩伴。

小黑很聰明，也很善體人意。時常留意老大一家人的生活習慣，喜好與厭惡的事物。很多事幾乎只要跟她說一次，小黑就能記起來，不過也有小黑不了解人們想法的時候，但她也還是儘量配合去做，足見善良敦厚。當然小黑也對老大一家人有所期待，

像是盼著能有自己的一幅自畫像，卻始終沒有盼到，但她仍然對老大一家人沒有怨尤，而且總能發揮最高的配合度，做一隻稱職的寵物犬。

在現代這個人際極為疏遠的社會裏，人與人之間有太多的心機算計，以致於無法放心地相互依賴。閱讀這本書，讓我好幾次看到什麼叫親情，什麼叫幸福，原來平平淡淡的生活瑣事背後，是一串串的關心與無私的付出。看到小黑，我才重新感覺到家人與親情的溫暖，原來，所謂的幸福就是有像家人一般的陪伴。它不需要是華麗衣裳或者炫目的科技產品才能展現，它就像是空氣與水一樣地平實到讓人忽略它的存在，卻又時時刻刻陪在我們身邊。

有著小黑陪伴成長的老大，必定會是個心靈健全、對人有信任感的幸福孩子。我相信任誰看了這本書後，也都會希望自己就是那位老大，能在那樣充滿愛與幸福的環境中成長。

推薦序　周聖哲

淡江大學英文系講師
賈斯登堡電影娛樂執行長

我記得大約 25 年前一個下雨早上，在去學校的路上， 我看到一隻很小的狗狗躺在路邊。 往上前一看，才發現這隻小狗好像完全不能動了！雖然那時我年紀還小，醫學常識也不足， 但我知道這隻小狗如果不趕快帶去給醫生看的話，可能牠的生命就會這樣停止了！所以當下我決定，先把牠抱起來，盡可能用身體給牠一些溫暖，直到帶牠去看醫生為止。

我知道這樣的舉動會讓我的生活變得不一樣！在過去這些年裏，我有一些很忠誠的夥伴，而且很幸運的，我幫助的那隻小狗，也陪我過了很多年。牠也一直是我忠心的朋友直到多年後牠老去。

我覺得狗是人類很好的朋友，尤其對我而言。即使我開始工作後，只能有很少的時間和家人、朋友相處，有時候甚至連睡眠時間都不夠，但即使是這樣的情形，我仍然覺得我有最忠心的朋

友會在我忙完一整天，拖著疲累身體回家的時候，給我最溫暖、最熱烈的歡迎。（當然這樣的方式會花掉我一些時間，但我完全不介意， 因為這是牠們表達歡迎、表達熱情的方式）。

狗兒是很不可思議的動物！因為牠們不只是很好的夥伴、玩伴，可以讓我們的生活變得有趣、豐富，牠們更可以陪我們走過開心或沮喪的日子。 當家賓跟我說她要寫一本關於狗的書，也希望藉由這本書可以讓更多人了解、如何對待一個像這樣真誠，但又不會說話的朋友時，我非常贊同，因為我也希望能讓更多人知道狗兒是值得我們好好對待及感謝的。

在「毛起來愛的小黑」這本書裡面，家賓用另一種溫馨、幽默的方式來告訴大家這隻「小黑」的狗兒和主人一家的互動，及牠身邊發生的趣事。看到這邊就不難想到這本書的內容將會多麼令人期待，我相信各位的情緒都會被接下來的故事內容牽動著。

最後我再次誠摯的跟各位推薦這本書。

故事介紹

小黑看似每天都過著不愁吃、喝、拉、撒、睡的生活，但牠內心總是有些恐懼，因為牠的好朋友小白已經到了被主人嫌惡的地步。而牠自己目前雖然和主人一家人相處融洽（男主人個性溫和還常常帶牠去散步、女主人除了會幫牠洗澡之外，還會幫牠把身上的毛一併吹乾、小主人則是除非肚子餓，不然大部分的時間也是對牠都笑瞇瞇的）。雖然這樣，但牠心裡面還是會擔心有一天主人一家人會不會就不喜歡牠了。

除此之外，小黑還有股衝動想做真正的自己。到底小黑心中的自己會是什麼樣子呢？牠會有機會做真正的自己嗎？而主人一家人會不會一直都很喜歡牠呢？

毛起來愛的小黑

主要角色介紹

小黑——女生
白色拉不拉多狗

小主人——人類
又名『老大』

小主人的弟弟——人類
又名『老大弟弟』

男主人——人類
又名『老大的爸』

女主人——人類
又名『老大的媽』

小黑──女生
白色拉不拉多狗

男主人──人類
又名『老大的爸』

女主人──人類
又名『老大的媽』

小主人──人類
又名『老大』

小主人的弟弟──人類
又名『老大弟弟』

1 開麥拉

哈囉！大家好！

在你們開始認識我之前，我得要先說：「我不是一隻黑狗！我是一隻白色的純種拉不拉多狗！而且截至目前為止我跟著老大一家人已經快一年了。」我之所以要在這裡特別聲明我是一隻白色的狗是因為我不太能忍受每當家裡來了客人，不管是老大叫我，或者是老大的爸媽叫我：「小黑、小黑」當我興致沖沖從家裡的某個角落跑出來會客的時候，客人們的眼神總是先一陣吃驚，「啊！牠是白色的啊！」然後當他們再進一步了解我之後，

都會說：「好乖的狗啊！」然後接著就會問老大或是老大的爸媽是怎麼教我的。唉！故事的由來就是或許老大不該將我取名為「小黑」。

可是這也讓我想到和老大的家風可能脫離不了關係；就像我老大明明是個小女生，可是聽老母說：「老大的爸媽在老大剛出生的時候就硬生生的把老大叫成紅毛猩猩。」真搞不懂！好像是因為老大剛出生的時候頭髮沒幾根毛吧！又很喜歡跟人抱在一起。可是老大的爸媽也不想想老大明明就是個女的，好歹也叫個「小蘋果或是小白兔、小可愛之類的吧？！」雖然老大目前長得

還不特別像是個女生，但怎麼會叫她是隻猩猩呢？真不知道老大的爸媽是不是從外太空飛來的，搞不懂地球的規矩。我也不是說叫猩猩不好啦！我對不同種的動物是沒什麼偏見，反正大家都有自己的空間。所以這也難怪嚕！我老大都被叫成猩猩，而且還是紅色的，那我的名字能好聽到哪裡去呢？老大故意把我叫成黑的，我也無話可說，我想我老大很有可能是把她被叫成「紅毛猩猩」的情緒帶給我了吧。

老大對我算不錯！讓我進她牆壁、門上、桌子都貼滿貼紙的小房間，偶爾又會被老大的爸媽唸著得順道帶我去樓下的垃圾集中處丟垃圾，又或者讓我陪她去下面一聽到音樂聲就會自動開門的便利商店買一些吃的東西。她可能沒想到其實大家對我都有些議論紛紛，有時候他們還對我投以詭異的眼光……這些都只是因為我的名字和我的毛色不太一樣罷了！但是我想老大是不會了解這些事情的！畢竟她的反應有時候跟別人不太一樣，而且是無厘頭的那種不一樣……嗯～但我想她也不是有意要拿我開玩笑，這一切可能都要從我的身世說起……

我的家人呢？

我老母現在住在鄉下，就是那種前後院方圓幾公尺之內整塊地都是你家的地方！她在生下我之後就被老大的父母送去鄉下陪老大的外公、外婆一起生活。至於我的父親，我其實不太清楚他是誰？或者他長什麼模樣？聽老母說：「我跟你父親也只有見過那一次面，不是所謂的天長地久。但是在那一面後，我就有了你和哥哥、姊姊，卻不知道你父親跑去哪裡了！在我的記憶中，我和你父親是同種的，而且會見那一次面還是老大的媽安排的咧！」

老母在生下我哥、我姐和我之後沒多久，老大爸媽就把我哥、我姐送給別人了。我是因為身為老么所以才被留下來，繼續代替我老母陪著老大一家人過生活。我老母說：「鄉下是退休人的天堂，而我在生下你和哥哥、姊姊之後也算是半退休了！所以陪著老大的外公、外婆住在鄉下每天快活是再也恰當不過了！而且因為我的泌尿系統出了些問題，所以有時候不太能控制自己。尤其你也知

道和老大一家人住在一起的時候，因為他們對這方面的要求很嚴格，讓我不是每次都能夠暢快到底。但如果住在鄉下，我可以不用顧慮那麼多，想要暢快的時候就直接撞開那片佈滿一大堆小洞洞的紗門，外面就是一大片又一大片的田地、雜草可以盡情地隨我的心、暢我的欲。想要一次上多少就上多少，上多久就上多久，想在哪裡上就在哪裡上，多幸福啊！」

所以故事的開始就從老母離開我的時候說起。那時我已經斷奶了！因為老大一家人很早就餵我吃稀飯，或是一些流質的食物。老母要去鄉下的那天早上一再叮嚀我說：「以後你要好好代替我照顧老大一家人，現在他們是你唯一的家人了！要聽他們的話，不要給他們帶來太多麻煩，他們不喜歡太吵。」後來有一天老大的爸媽說：「也該幫這隻小狗取名字了！」老大就突然叫起我：「小黑、小黑」了！其實剛開始的時候我並不知道那是我的名字，我只知道老大的眼睛一直看著我，然後她的手指也一直指著我，那個手勢感覺好像是真的認同我了。從那時候起我就明白從今以後我不會再是老母的替身了！我是小黑！而他們一家人也就在那個時刻起正式變成我的家人了！

小黑──女生
白色拉不拉多狗

男主人──人類
又名『老大的爸』

女主人──人類
又名『老大的媽』

小主人──人類
又名『老大』

小主人的弟弟──人類
又名『老大弟弟』

2 危機意識

「小白，你還好吧！」

昨天晚上又聽到隔壁的鄰居小白被罵了！小白是一隻白色，不知混到哪裡的土狗，也是我的好朋友。我不知道最近牠是怎麼了！難道牠不怕被王媽媽帶去山上那種半夜前面後面一片黑，只有風聲、樹葉聲、還有蟲蟲叫聲的地方丟掉嗎？牠出門的時候都沒看到路邊那些遊走在生死邊緣的流浪犬嗎？那些在雨中跛著腳淋雨、在馬路邊徘迴、睡在水溝旁、翻著街上各式各樣的垃圾桶、吃著裡面壞掉的食物、全身的毛被蟲蟲啃得只剩下一半、甚至是身上有傷口或者流血的流浪犬嗎？我真的不懂小白在想什麼耶。一直以來牠堅持只吃狗罐頭裡面的食物，不然寧肯餓肚子，沒事就愛亂叫個好幾聲，常常把王媽媽家大門入口處的那個正方形鞋櫃弄倒，還把裡面的鞋子咬得亂七八糟。或是常常故意把牠喝水的那個鐵碗打翻，弄的一地都是……最近我開始常常可以聽到王姐姐在尖叫：「小白！你又在幹麻！欠揍阿！」真的不誇張，每隔幾天就會聽到王媽媽或是王姐姐又在罵牠了。

「小白會這樣子算是被寵壞了嗎？還是只是牠最近的心情特別不好？是有遇到什麼難解決的事情了嗎？還是只是王媽媽和王姐姐的耐心快被牠用完了？」我真的不是很了解牠在想什麼耶！難道牠忘記之前李伯伯家養的那隻北茂茂嗎？北茂茂是一隻純種的土狗，後來就不見了！聽說是因為帶回來之後難以管教，所以最後李伯伯只好把牠帶到山上去丟掉了！北茂茂原是一隻小小流浪犬，被李伯伯從殺狗不眨眼的馬路上撿回來。李伯伯好心的領養牠，給牠食物吃，幫牠洗澡，讓牠可以不用再睡在馬路旁邊，吃著壞掉的食物、喝髒兮兮的水，或是要隨時閃躲那些不長眼睛的車子。但牠可能是因為曾經當過流浪犬，所以不知不

覺就染上有流浪犬的個性！還是在當流浪犬的時候受過什麼可怕的傷害吧！所以嚴重的不相信人！不信任人！不喜歡人！

「北茂茂現在會在哪裏呢？」

牠不喜歡人類的舉動像是常常對路過的鄰居叫、甚至也對餵牠吃飯的李伯伯叫。尤其是牠在吃飯的時候或是情緒不穩定的時候，甚至會對經過牠身邊的李伯伯露出好幾顆牙齒。「是那種很兇狠的露牙齒喔！不是我這種笑瞇瞇的露牙齒！」那個樣子的北茂茂說真的連我也不敢離牠太近！總覺得牠很容易生氣，脾氣不太好。牠還咬傷過李伯伯的手幾次，後來因為鄰居好多人都跟李伯伯反應說：「我們家的小孩很怕北茂茂，北茂茂又常常對他們無緣無故大吼大叫的，尤其是晚上牠都會叫很久，可不可以想個辦法？」照老大一家人的說法：「這可是疲勞轟炸！」所以後來有一天北茂茂就突然不見了！

這件事情我一直當成是對自己的警惕，絕對不能因為之前老母和老大一家人的關係我就可以任意的為所欲為！不然說真的，在北茂茂消失之前有段時間我還真想嘗試抬起腳尿尿的那種暢

快哩！雖然老母以前就常跟我說：「住在人家屋簷下就要守人家的規矩，要尊重別人的感覺和習慣，就以上廁所這件事情來說吧！都要蹲著上，在原地就定位好好的上，決不能想上的時候就把腳抬起來往牆上的壁紙或磁磚上，完全不顧現場是不是還有別人。」

但那時的我，說真的，總是有種想紀錄我小黑到此一遊的衝動，不管走到哪裡我都好想抬起腳來尿尿喔！所以不論是在家裡哪面牆上、飯廳的椅子、臥室的床邊、客廳的電視機旁、吃飯的餐桌旁……隨便享受一下那種可以亂上一通的感覺都很好啊！那陣子那種想抬腳尿尿卻又不能尿的感覺還記憶猶新，那時老大的媽看我常常低頭嘆氣還對我特別的好哩！常常拍拍我的背給我鼓勵說：「是不是因為想念媽媽才會那麼憂鬱啊？」其實她哪裡知道我是因為不能做心中真正的自己而沮喪，我想要到處都是我的味道難道這也錯了嗎？

為什麼要這麼拘束？

那陣子的我因為這件事情悶悶不樂、無精打采的，我偶爾也

想要管不住自己啊！「為什麼不行？嗚……」那時候的我真的很沮喪，也很羨慕北茂茂牠可以做牠任何想做的事情，都可以沒有任何顧慮。要生氣就生氣、要咬人就咬人、要叫多久就叫多久！在這裡我要鄭重聲明一點「老大一家人對我很好，所以我並不想咬他們或者是神經兮兮的叫那麼久……」後來北茂茂不見了之後我就反省了很久，「誰說老大一家人一定會對我像對老母那樣的好？」老母的個性是比較聽話而且順從，老大一家人不喜歡的事，牠都盡量配合不去做，所以老大一家人甚至是到老大的外公、外婆都很喜歡牠，他們到哪裡也幾乎都帶著牠，但老大一家人以後也會比照同樣模式對待我嗎？我退休之後也可以搬到那麼空曠的鄉下和老大的外公、外婆一起生活嗎？嗯～這可不一定喔！

要相處，就要懂得尊重！

所以經過北茂茂的事情之後，我覺得我又成長了一些！就是還是要適時尊重老大一家人的感覺，或是配合他們的生活習慣，免得哪天搞不好我也會有北茂茂的下場。但反過來說：「我就不

懂小白在想什麼了！難道牠不知道王媽媽、王姐姐特別不喜歡最近牠的某些行為嗎？難道牠不知道王媽媽、王姐姐才是家裡的主人嗎？」老母說過「你千萬不要考驗別人的耐心，還有包容心。」不曉得小白有沒有想過這件事情？雖然牠一出生的時候就住在王媽媽家，王媽媽還准許牠坐在客廳那個很長的沙發上，不像我被規定只能坐在磁磚地板上。王姐姐之前也常常買各式各樣好吃的零食給牠吃，但是遇到牠不喜歡吃的東西，牠寧肯聞一聞眼前的食物然後就是選擇餓肚子，堅持不吃就是不吃。所以說「難道是小白變了嗎？還是王媽媽、王姐姐對牠的愛變少了呢？」嗯～下次見到小白的時候我得要記得跟牠提醒「北茂茂事件」，不然說不定過不久，我又會少了一個朋友咧～

小黑——女生
白色拉不拉多狗

男主人——人類
又名『老大的爸』

女主人——人類
又名『老大的媽』

小主人——人類
又名『老大』

小主人的弟弟——人類
又名『老大弟弟』

3 得饒人處且饒人，留口飯給別人吃

是要養狗？還是養貓呢？

小白的行為讓我又想到一件事「不曉得老大一家人有沒有想過？就是他們為什麼會養狗狗如老母？或我？但卻不養貓咪呢？」原本我以為狗和貓應該很不一樣，因為我們長得不一樣、叫聲不一樣、個性也不一樣、應該各有各的支持者。可是最近我們隔壁棟的鄰居新搬來一戶人家養了一隻貓咪，先不管那鄰居家裡有幾個人、有沒有小孩、是做什麼的，第一次見到鄰居家那隻眼睛又大又圓的小貓咪還以為是隻和我小時候一樣害羞的小狗呢！因為牠隨時隨地都乖乖的被主人用根細細的繩子牽著，隨時隨地都乖乖的緊跟在主人身邊走。哇！看牠的行為看到我都呆掉了！「是因為牠太有教養了呢？還是因為牠忘了牠是隻貓咪？」反正牠的行為讓我對我們狗狗的存在產生了很大的疑問。

就譬如說「如果有隻貓咪有貓咪的臉，但卻有狗狗的個性，那還有我們真的狗狗存在的空間嗎？或是需要嗎？」不是我愛胡思亂想，因為和大多數的狗狗比較起來貓咪本身的體積就小、食量也少、又愛乾淨……這些都是不容抹滅的事實。同樣的空間大小，大部分的貓咪都可以自由的做轉身翻滾了，但我卻只能乖乖的站著或是坐著不動，或是慢～慢～慢～慢～往左或往右移動我的身體。同樣的食物量，我只能當一餐來解決；貓咪卻可以吃上一整天，而且可能還有剩。另外或許沒錯啦！「牠上廁所是需要有專屬的地方，而且上完保證不臭！」但是反看我呢？雖然是不需要有專屬的地方，但上過必留下不可忽視的痕跡！想想如果哪天經濟不景氣的時候，或是有任何情況不對的時候，是不是貓咪的愛好者就會比狗狗的愛好者多很多呢？那我們狗狗還有生

存的空間嗎？如果真要拿貓咪和狗狗來比較的話，「狗狗到底贏在貓咪哪些地方呢？」以下是我目前大概想到狗狗可以比貓咪佔優勢的兩個地方；

第一點：「叫聲絕對比貓咪大聲，在必要時又可以嚇走可惡的壞人！」但叫太大聲，或是叫太久，又會被人家嫌吵！可是那些嫌我們吵的人有沒有想過？我們狗狗講話的聲音音量就是這樣啊！哪能控制得這麼好？說大聲就大聲，說小聲就小聲，難道我們狗狗還要依照分貝順序從大聲到小聲做訓練嗎？人類都可以有情緒了，難道我們狗狗就沒有情緒，或是不能有情緒嗎？因為這還要牽扯到我們的情緒是否能立即的和我們的聲音作配合啊！就拿我自己來說吧！像是如果看到天上的那道因飛機飛過而拉出長長的一條煙時，我就沒辦法克制自己哩！我就會特別興奮，聲音不知不覺就會大聲了起來……而且大部分的時候還想要多叫個好幾聲哩！所以如果這時候要我保持冷靜，或要我安靜不動，或是叫小聲一點，這簡直就是要了我的命啊！我為什麼要這麼壓抑我自己啊？聽人家說：「壓抑久了對健康不好耶！」

第二點：「在外面的時候可以保護老大一家人！」我的嘴巴若硬是要張開的話是可以張得比貓咪還要大很多，要咬人、咬東西絕對不是問題。所以如果有人要欺負老大一家人的話，我就把醜話先撂在前面「我可是不會對那個人客氣的！」看那個人是想要先被咬腳？還是先被咬手？讓他自己選一個吧！咬人的事情絕對難不倒我。還有我的身體也比貓咪長、也比貓咪高、所以講到如果要把壞人給圍起來的話呢？尤其對方是個男人的時候，

我早就模擬好了！第一招我可以先用我的後腳腳跟穩穩的站住，再用我有力的前腳站起來搭在壞人的大腿上，或者是腰上，然後再死命的咬住男人大腿內側的那坨肉（這招是老母之前就教我的）；第二招也可以學蛇那樣把我整個身體從頭到腳繞成一圈；先用這個方法把壞人的一隻腳給纏起來，再用我的幾顆大牙狠狠咬住他的另一隻褲管，想辦法讓壞人跌倒，然後我就死命坐在他的身上，或在他的身上跳，把他坐到、跳到至少肋骨斷掉幾根才起身，這樣一來諒他想跑也跑不掉。「哼！這些我是沒在怕的啦！」ㄜ……但是講到這些之前我得要先坦白說：「我怕高！也怕水！更怕黑！」所以最好遇到壞人的地方不會是在天橋上，或是打雷下雨天，更甚者是在晚上黑矇矇暗暗的巷子裡……不然我怕壞人可能沒辦法見識我真正的威猛和俐落的身手呢！

我還有別的優點嗎？

講完了「阿～然後呢？哇！慘了！想破我的頭……」我沒有其他比貓咪明顯的優點了嗎？難道向來貓狗不合的原因就是因為我們狗狗忌妒貓咪可以有那麼多的優點嗎？「哇！完蛋！

嗚～～我好難過喔！」我真的沒有其他優點了！難道事實會逼著我也要去學貓咪的個性嗎？該不會有一天老大一家人要我在看到他們的時候也要像貓咪一樣來個不搖尾巴，故作鎮定，然後酷酷、緩慢掂著腳尖、高雅的走過他們身邊嗎？我可以看到老大丟皮球的時候故意不跑去追，反而跑去追那些邊飛、邊走、邊跳的小鳥嗎？我可以在臉上癢的時候不用爪子抓，卻用爪子輕輕來回、溫柔的摸臉好幾下嗎？我可以在食物當前的時候，抱著厲行減肥的心情，不去想食物的美味，而是一心向著貓咪的食量看齊嗎？

還有上廁所也是個問題啊！我的屁股可以擠進貓咪那個小小但不知該怎麼形容形狀的便盆嗎？「嗯～就是說它圓起來也不是那麼圓，正方形嘛！也不全是個正方形，籠統說起來就是圓形和正方形的綜合體啦！」先不講我要如何把整個屁股慢慢塞進便盆裡面，即使塞進去之後屁股的位置也要喬一下啊！又不是說屁股在便盆裡面，我就一定可以便得出來。尤其我發現「嗯嗯」是很需要培養情緒的！所以屁股的位置要怎麼喬就很重要了！然後「嗯嗯」上完再假裝學貓咪很優雅的把殘留物一點一滴的堆埋

起來，把現場弄得乾乾淨淨，不留痕跡。但是說了半天……「我可以很優雅的跳上老大那張只比我身材大一倍左右的書桌，卻不把桌子上面的那些筆啊！紙啊！弄亂嗎？」這我可沒有把握喔！因為我發現我的力氣不小耶！像我有時候一不注意經過廚房的垃圾筒旁邊，那個高度幾乎跟我一樣高的垃圾筒就會被我的尾巴給掃到，然後那麼大的垃圾筒就會這樣被我給弄倒了耶！而且那還只是我尾巴的力氣而已喔！「講到這裡就破功啦！」更何況是假裝要我學貓咪跳上老大的書桌啦！然候更高級一點的是學著貓咪繞著桌上的那盞被固定住的桌燈轉圈圈～

我最好是不會掉到書桌下面啦！這我要練習多久啊？還有要學著貓咪去抓老大爸爸胳肢窩的毛嗎？老大爸爸在睡覺時候最喜歡露胳肢窩的毛在外面，說是「這樣比較透氣！」可是說真的「抓一團毛有什麼好玩的？我也可以假裝在老大爸爸的胳肢窩旁邊巡視來巡視去，一付很有興趣研究那些毛的樣子。」可是說穿了即使我抓到那團毛之後又怎樣呢？給它們打蝴蝶結嗎？還是幫忙綁辮子？還是要把毛毛整把拉起來拔掉，讓老大的爸爸覺得更透氣？話說到底我什麼都不能做嘛！還要我假裝對那團毛很

有興趣！沒意思！天呀！可是如果有一天老大一家人真要我那麼做的話，我還是我自己嗎？當我歪著頭看著客廳牆上鏡子中的自己，我懷疑我還是隻鼻子圓圓、黑黑的拉不拉多狗嗎？我還是隻習慣會將頭偏向一邊歪歪、呆呆的拉不拉多狗嗎？

這就是我啊！

到最後我應該還是習慣走路大搖大擺、喜歡圍繞在老大一家人身邊團團轉的拉不拉多狗。「對了！我剛剛想到，我覺得如果真要抓毛毛的話，還不如去挑戰抓老大爸爸的鼻毛咧！」呵～呵～因為如果老大的媽媽不幫老大的爸爸清理鼻毛的話，我記得沒過多久，老大爸爸的鼻毛就會像下雨後被淋過的小草一樣，不知何時慢慢一根、一根茂盛的從鼻子裏面逃竄出來，兩個鼻孔都會各長好多根鼻毛咧！所以抓胳肢窩的毛毛不算什麼，如果能夠抓到鼻毛的話那才厲害哩！

「唉喲喂～我好討厭貓咪喔！」唉！希望我只是在這裡胡思亂想、胡言亂語而已，希望老大一家人對我的愛永遠不會因為任何原因而減少。

小黑——女生
白色拉不拉多狗

男主人——人類
又名『老大的爸』

女主人——人類
又名『老大的媽』

小主人——人類
又名『老大』

小主人的弟弟——人類
又名『老大弟弟』

4 老大一家人與我

我先來介紹……

該怎麼形容我和老大一家人相處的情形呢？先說老大吧！截至目前為止，在我認識、聽過、或看過的老大當中，我想我的老大還算是可以的！這話怎麼說呢？雖然她不是那種一開始就很主動關心別人的人，但她絕對不會東西吃到一半、或吃不下時才拿給我吃；或者是她先吃一口然後我再緊接著吃一口，那種你儂、我儂的方式；她也不會假裝說：「小黑走！我們去散步！」卻自己騎著腳踏車然後要我緊跟在旁邊跑，還邊騎、邊喊：「小黑快一點喔！快一點跟上來喔！」她也不會訓練我玩一些馬戲團裡的傢伙才會的特技，像是只用我的兩隻後腳爪跟著她一起散步、或者要我刁著充滿油墨的報紙、或皮球跑來跑去…她已經算是很替我著想了！

畢竟她也知道吃人家的口水很噁心、跟著別人的腳踏車一直不停的跑真的會很累、或者用兩隻腳走路腳會酸。她也很明白報紙油墨這種東西怎麼可以放到嘴裏呢？或者擔心我的嘴巴會因為銜著一顆皮球而嘴角裂開？總之，她算是很有基本常識了！至少知道什麼叫做「人狗殊途」。所以比起我看到的那些四海同胞們而言，平心而論「老大算是個溫和的人」我算是很幸運的了！還有什麼好抱怨的呢？她不是那種動不動就亂發脾氣、或是每天早上都有起床氣的人，搞得我一整天都跟著神經緊繃，不知道到底要遠離？還是要靠近她？如果真想要了解她的話呢？其實很簡單，只有一個重點「就是千萬不要讓她被餓到」因為她餓的時候心情就不好，然後臉肯定就會臭臭的。

至於老大的爸爸、媽媽呢？我發現老大的爸媽在「不會餓肚子」這一點上面對我也是愛屋及屋的，因為他們也很少會讓我餓

到。每次他們從外面匆忙趕回來以後，明明我就只是在他們的身邊繞來繞去表示親密而已啊！「反正閒著也是閒著嘛！」在他們的身邊繞來繞去總比我繞了好幾個小時想說可以培養感情卻遇到一動也不動的桌子、椅子來的有人情味些吧！「當然，我看到他們回來我是會很高興啦！可是這跟我的肚子餓不餓沒有直接關係啊！」所以每次幾乎都是在我的肚子還不會很餓的情況下，他們就會一邊走進廚房、一邊很心疼的對我說：「小黑啊！肚子餓不餓啊？我來幫你弄些吃的好不好哇？你先去客廳等，等弄好了再叫你喔。」

他們真的對我很好！

剛開始聽到他們這樣講的時候，我當然只好乖乖悶著頭、自己走到客廳裡閑著無聊猛打轉，一副假裝自己很忙碌的樣子；一邊心裏在想不曉得老大爸媽的臉上為什麼會出現愧疚的表情呢？尤其是老大的爸爸對於不能讓任何一個家人餓到的這種情緒更是發揮的很徹底。像是他即使回來的時候明明臉上就是有累的樣子，但他還是會非常耐著性子一邊哄著我和老大，尤其是老大啦！一邊洗手準備晚飯。後來我想了很久，老大爸媽應該也是擔心我，怕我餓到吧！「嘻～嘻～說到這裡，心裏又不知不覺的暖和了起來……這樣他們應該算是有喜歡我啦！」

老大一家人平均一個禮拜幫我洗一次澡，一個禮拜帶我出門散步零零總總加起來大約是出一次遠門的量。所以如果說有某個禮拜我除了每天下樓到街頭巷尾來個大力閒晃之外，老大一家人又決定在那個周末要出個遠門的話，厚～厚～我想那個禮拜肯定會是我最快樂的禮拜！「呵～別說我只喜歡往外跑喔！我只是覺得沒事老待在家裡做甚麼呢？家裡每天都是一模一樣啊！不像在外面我每次都可以看到不同的人、不同的車子、不同的……阿喲喂呀～真要說起來的話，外面有太多每天看起來不一樣的東西啦！」說也說不完。

我喜歡這個！

喔！差點忘了說！「講到洗澡這件事情我就不能不提到我真的非常、非常喜歡老大的媽會在幫我洗完澡之後順便幫我把身上的毛好好的、仔細的吹乾。」她吹乾的方式有很多種：「有暖風、

冷風、或是大風、小風、可以讓我一一選擇。」像是只要我叫一聲，老大的媽就會說：「喔！太燙了嗎？嗯！那先來個冷風好了！」或者情形反過來是；也是我叫一聲，老大的媽就會說：「這樣太涼了嗎？嗯！那先來個暖風好了！」不同的風這樣交替吹起來真是舒服到有時候我都飄飄然的邊吹、邊快要睡著了呢。老大的媽不管是吹我的頭頭、還是我的腳腳，風一路這樣從頭頭吹到臉，再吹到脖子，再吹到肚子……呼～吹下來感覺很舒服。我的頭就會不知不覺愈抬愈高，身體就會愈站愈直，很不希望她某個小地方錯過了會沒有吹到。當然啦！這也讓我的身體可以在洗完澡以後不會一邊走路、還一邊滴水，一副很惹人嫌的樣子。

想要出去散步，動作就要快一點！

至於散步這件事情，老大的媽和老大一樣都是很沒有耐心的。因為她們母女倆總是習慣在買完她們要的東西，或是辦完事情之後就嚷著要我趕快跟她們回家，因此她們不會允許我在這段時間還到處東看看、西聞聞的，更別說有機會跑遠了！所以每次跟她們其中一個去散步「不管是老大還是老大的媽」，我都很明白我只是個陪客而已，一切以她們的心情為主。因此以散步這件事情來說「我想我還是跟著老大的爸爸去散步比較好玩。」好在他常常要我陪他去散步！他可能是因為年紀的關係比較懂得我在想什麼，也比較能夠體諒身為家犬的悲哀就是沒有什麼可以狂妄的自由，或是可以隨時享受野性的呼喚！所以跟他出去散步通常我都比較滿足。

嗯！所以說起來一方面我不挑人啦！二來也是因為我可以個別跟著他們一家人在不同的時間出門，因此大致上說來「我每個禮拜的運動量是足夠的」。我得到一個很虛心的結論；那就是即使在家裡沒什麼色狼、或小偷要抓、要咬的、或是有入侵者需要被殲滅，我的耳朵也要時時刻刻放靈光點。只要一聽到誰準備要出門了、誰已經在穿衣服、穿鞋子了、我就得比那個人先一步快快跑到門前坐好，並且持續輕輕的搖著尾巴，然後笑著很有禮貌的把嘴巴張開「不只是那種淡淡、淺淺的微笑喔！是要露出上下兩排各幾顆牙齒的那種笑容喔！」

我又可以去散步啦！

這時不管是老大的爸媽、或者是老大要出門，通常他們看到我那副很想出去放風的樣子、那副會很守規矩、那副好像盼望很久很久、並且每次說「回家就一定會立刻乖乖的跟著回家的誠信樣子……」如果他們心情還不錯的話，基本上每次都會順便帶我出去的。這招屢試不爽！所以不是我愛講：「誰叫我是一個這麼好的跟班呢？呵～帶我出去只有利沒有弊啦～」

小黑——女生
白色拉不拉多狗

男主人——人類
又名『老大的爸』

女主人——人類
又名『老大的媽』

小主人——人類
又名『老大』

小主人的弟弟——人類
又名『老大弟弟』

5 第一次當寵物就上手

我的生活很規律！

每天的生活概況就是；早上老大的媽在出門前會一併幫我弄早點及午飯，而我的晚餐幾乎都是老大的爸幫我準備的。但認真說起來有時候一天可以平均吃個四到五餐！因為老大的爸爸有吃宵夜的習慣，所以我也就莫名其妙的跟著吃起宵夜來了。因此仔細想想「我每天吃得比老大家的每個人還來得多耶！」但是我並不擔心我會飲食過量；因為客廳的電視有教說：「只要有運動，人就不會胖」更何況我是隻狗呢！但是如果有一天我真的得開始擔心我的體型已變成另一種狗狗像是聖伯那犬時，我想我可以在家裏開始小跑步，把前陽台當成我的起跑點及中途休息站，行經的路線依序是家裡的客廳、飯廳、廚房、再回到前陽台，我相信這樣來回跑個十幾次一天的運動量也就夠了！

還有一種方法就是一直不停的往上跳！看要跳多高就跳多高，但這卻需要有個明顯的標的物可以讓我跟著往上跳，不然我又會像上次那樣一直往上跳、一直跳，然後跳到頭昏眼花的！像是蒼蠅或者蚊子之類的動物算是明顯的標的物。但是回過頭來仔細想想「我想蚊子還是不太適合配合這樣的活動，因為牠的聲音實在是太小聲了！體型又小！我會很容易把牠跳丟的！」這樣說來大隻的蒼蠅是比較適合我往上跳的運動！但是蒼蠅下次什麼時候才會再來呢？我記得上次的那隻蒼蠅一飛進來沒多久就被老大的媽用捕蚊拍「啪」的好大一聲就打死了，害我都沒有機會可以去看牠的身體，不然老大的媽好歹也留下牠的身體至少讓我聞一聞蒼蠅身上的味道嘛！

如果「一直不停的往上跳」這個方法也行不通的話，我想我還是可以慢慢想出其他方法的！因為不管我想到什麼運動，只要

我離後陽台遠遠的就好了！不只是老母離開老大家之前千交代、萬交代我不准去那裡玩，連老大全家人都不只一次的提醒我說什麼：「好狗不能到後陽台蹓，要蹓也要等到到了地上再蹓！」說到這裡，我想老大一家人真的很關心我！有把我當家人看待。我想這樣也算是有把我當心愛的寵物啦！嘻～他們真的很怕我會一不小心就從家裏面的後陽台飛到外面的地上一樓；或是他們人還沒到家，我就被熱心的鄰居發現整個身體呈大字型，大剌剌的平躺在一樓水泥地上了！想到這裡心裡又是暖洋洋的一片……

還有什麼事情呢？

另外我也仔細衡量過我在這個家的責任！好像沒什麼很要緊的事耶！因為老大的家很高，一般的小偷不太可能從天上降下來然後再從前後陽台偷偷摸摸進到房子裡面。唯一的入口只有客廳那個門，所以我只要把全部的注意力放在那個門即可！而老大一家人的習慣都很不錯，我不曾在半夜聞到有瓦斯那種臭臭的味道，他們一家人也都有習慣會在睡覺前就全部檢查好門窗，窗戶該開的開，該關的關。尤其是老大的爸爸每天睡覺前都會自己再

檢查一次，所以我的工作嚴格說起來「真的是輕鬆到不行了。」

如果大家都出門了，通常老大會先幫我把客廳的電視機打開，然後再把遙控器拿給我。說真的「拿著這支小小、不起眼的遙控器算是一天當中覺得自己是當老大的時候了！」因為只要大家都陸續回來了，遙控器是絕對不會落到我手上的！不管是老大的媽、老大的爸、還是老大，他們每個人都有自己喜歡看的電視節目。不是我在這邊抱怨什麼，好在他們看的節目我

也都能接受，所以我也樂得坐在一旁陪著看電視。

當然啦！這一切都比不上偶爾自己可以拿著遙控器、自己選台來得好。雖然我的指甲目前訓練的平衡力道還不夠，老是會一不小心按到旁邊其它按鈕，或是一次同時按到兩個按鈕，但我還是覺得自己有機會去操作遙控器很有成就感哩！「當然我也不否認偶爾旁邊有人可以一起窩著看電視的感覺也很棒！即使遙控器不在我的手上也很好！」有時候覺得時間過得很快！隨便看一下電視，老大一家人也就一個個陸續回來了！電視機就還給他們啦！所以這大致就是我一整天的生活情形。

還真想念老母……

想想要不是老母跟我生活在一起有一段時間，天天耳提面命的，我還真不知道何時才會真正融入老大一家人的作息呢！要了解他們的喜好還有生活步調，電視上面不是教說「相處是最難的」嘛！「等一下！等一下！」我又看到老大的媽在鬼鬼祟祟的行動了！哈～對了～有個秘密要告訴你們！就是老大的媽前陣子偷偷告訴我的。

「因為爸爸和老大很會流汗，怕熱，所以每次家裏的冷氣都要開得很強、很冷，整個家裡簡直就像是個大冰箱的冷藏室一樣。可是你也知道我怕冷，有時候真是冷到會受不了，所以你可以常常看到老大的爸爸和老大兩個人吹冷氣吹得很開心，兩個人都還只穿著短袖，我卻要穿起長袖了。但是即使我穿成這樣，我還會不知不覺的流鼻水咧！沒辦法啊！誰叫兩票對一票……我沒有抗議的權利啊！」

嘻！嘻！原來如此！

「所以我不知道從哪邊想到一個曠世絕招，就是趁老大的爸爸、還有老大不注意的時候，偷偷把冷氣機的溫度調高個三度，讓室內的氣溫回溫一下，讓我也趁機感受一些人間的溫暖；然後等看到老大的爸爸、或者老大的表情不太對的時候，我再趕快走過去把冷氣機調高的三度調回來，怎麼樣？很聰明吧！嘻～嘻～」所以難怪之前老大的爸常在納悶：「家裡的冷氣機是壞了嗎？怎麼搞的？都不冷？前陣子不是才剛新裝冷媒的嗎？」這時候老大的媽就會跳出來若無其事的回答說：「不會啊！我覺得這台冷氣蠻冷的啊！」然後這個對話就會不知不覺的停在這裡了……

「呵！」沒想到老大的媽也會想出這招。

小黑──女生
白色拉不拉多狗

男主人──人類
又名『老大的爸』

女主人──人類
又名『老大的媽』

小主人──人類
又名『老大』

小主人的弟弟──人類
又名『老大弟弟』

6
老大的爸媽

這就是我的家人！

老大的爸媽是什麼樣的人呢？我先說老大的爸爸吧！老大的爸爸個性溫和，吃飯慢慢的、講話慢慢的、走路也慢慢的。但是聽老大的媽說：「老大爸爸年輕時候身上有很多塊肉，一塊、一塊的，是結實的那種肉」可是在和老大的媽結婚之後呢？因為懶得運動了，所以身上那些原本結實的肉都變成鬆鬆垮垮的肉了……尤其是在有了老大之後呢？那些鬆垮的肉更導致胸部下垂，所以連帶的連奶頭的位置都往下滑了！

也聽說：「老大爸爸年輕的時候本來是想留刺蝟頭的！」就是把頭髮整個往上、往後、往左、往右梳，而且整顆頭是那種梳的硬硬的，強力颱風來襲怎麼吹都不會吹變形的那種。但遺憾的是美容院的姐姐認真到連眉毛都皺起來的跟他說：「先生！你並不適合梳那種髮型，因為你髮量不夠，梳起這種髮型來可是一不小心會被別人看到頭皮的。」

這件事情讓他很受傷，心想：「年輕時候都還沒有開始學當浪子放蕩不羈呢！就得要開始注意頭上的頭髮，喔！有夠沮喪……」所以從那次以後每次梳頭的時候他都會特別留意梳子上、衣服上、地上有沒有他掉的頭髮。他會一根一根撿起來數數看掉幾根頭髮。每次洗頭髮的時候，他也會特別留意手指頭不可以抓頭皮抓得太用力，洗完後還要檢查地上水槽的排水孔看頭髮有沒有掉很多？是不是一團密密實實的頭髮？還是只是稀稀疏疏的幾根？他還會用那種特別貴的洗髮精來寶貝他的頭髮！這一切的行為只是因為他擔心頭髮會掉很多，到時候會不好看。他說：「我本來是個髮多又健壯的帥哥，但為了家庭、為了老大，帥帥的帥哥不見了，慢慢變成一個別人心目中不折不扣的中年歐

吉桑。心痛啊～」

老大的媽則是急性子，容易被感動、容易焦慮、膽子也小。膽子是怎麼個小法呢？就像有一次她在廚房看到一隻蟑螂先生，先是整個又叫、又跳的，我不知道怎麼回事，她也不叫我要趕快過去幫忙。她就趁蟑螂先生搞不清楚狀況跑進廚房那雙黑色大雨鞋裏面的時候趕緊拿切菜板把蟑螂先生蓋在裡面，她以為這樣就沒事了！「我想她隔一會也完全忘了剛剛有蟑螂先生出沒的這件事情吧！」

原來是這麼回事！

「噢！對了！因為生了老大之後，老大的媽好像變得健忘了些」，雖然剛開始的時候她自己不太想要承認，畢竟她在生老大以前是以「記憶力超強」聞名的。我聽說：「女人在生了一個孩子以後會開始丟掉些記憶；生兩個孩子以後會開始掉牙齒，或是有一、兩顆牙齒會開始鬆動或晃動，同時記憶力也會再掉一些；生了三個孩子之後呢？肚皮會像完全洩了氣的氣球一樣，或者可以說是整塊肚皮會像牆壁上的壁紙沒有黏好一樣，整片鬆垮滑下來。所以肚臍的位置也會跟著往下滑，不會出現在原來的地方了……」只是那天因為有下雨，晚上老大的爸爸要穿那雙黑雨鞋出去散步的時候，她才突然想到說：「哇！忘了！忘了！裡面還有隻蟑螂耶！」才趕快制止老大的爸穿上。

老大的媽也不喜歡曬太陽，好像是因為擔心臉上會長出雀斑。所以她出門不是要撐傘就是要戴帽子，要不然就是幾乎等天黑之後才慢條斯里的摸黑出門。尤其是她在生了老大之後，好像體質有些改變吧！所以太陽更像是她的天敵似的，每次看到太陽都會是一附驚恐的模樣，躲太陽躲得可厲害了！她忘了她又不是吸血鬼，只不過是臉上長幾個斑嘛！又不會變身也不會痛啊！「話雖然這樣講啦！可是回頭想想如果我的臉上也長斑的話，那我就不是拉不拉多狗啦！我應該改名叫做『豹』吧！」而且我還要確定太陽曬出來的斑點一定要曬成黑色、圓點、圓點的喔！因為如果是曬成褐色的話就不算是豹了！可是如果曬出來的結果變成是黑色、長長一條一條的話，那我就要改名叫做「老虎」了！總而言之這都「太詭異了啦！會不會有天老母看見我卻不認得我了呢？」

白的比較好嗎？

所以，老大的媽不像老大的爸很喜歡曬太陽，也喜歡大太陽，他可是會在大太陽的時候帶我出去散步呢！我呢？只要是出去玩，什麼時候我都愛，不管是太陽或天黑，我都可以玩的很開心。「但唯一一點是我不喜歡下雨天出去，因為下雨天會把我的毛弄得濕濕的，然後我的皮膚就會癢癢的，回去如果不立刻洗澡的話，天啊！那天晚上我不管怎麼躺，大字睡、側睡、仰睡、趴睡、不舒服就是不舒服。整個身體就像是被蟲蟲咬到一樣，會想

一直去抓。」所以對於下雨天要出去放風，我就不是那麼熱衷，但如果是要我陪老大的爸去外面透透氣的話，我則是非常非常的樂意。

因為他每次一出去散步就會走得比較久，而且反正我的身體

都已經淋濕了，至少我可以在外面晃得比較久，算是可以接受啦！不過好在老大的爸也不喜歡下雨天或是被淋到雨，因為雨水也會間接造成他掉頭髮。聽說：「騎摩托車也會掉髮，因為頭皮常常悶著，所以最好要常讓頭皮透氣，頭皮健康，頭髮才不會掉哩！」所以同理可證啦！如果我的身體常常淋到雨，當天又沒洗澡的話，我全身就會癢，然後我就會去抓，然後我就會掉毛，掉毛這件事情讓我情何以堪呢？「想想我本來是有毛的，現在如果毛通通掉光的話，我該怎麼面對自己？還有面對老大一家的人呢？」

嗯！所以老大的爸爸對我也算是有同理心啦！他也幫我想到掉毛的困擾了！「喔！對了！還有一點我以後可要想清楚，我要生貝比的話是要生幾次？」如果我的肚皮真的鬆垮掉下來，那我不是得要拖著我的肚皮到處走路嗎？那我還能跑來跑去、轉圈圈、輕快跳躍的追著我的尾巴玩嗎？會不會我的身體在右邊，但是我的肚皮卻還晃在左邊啊？我的肚皮也有可能拖在地上拖到皮都破了耶～「嗯～」這是件不能不正視並且需要仔細思考的事情。

真的很神奇……

不過老大的媽有件事情很拿手，這件事我一定要在這邊講一下！「她可以用腳趾頭夾東西或拿東西耶！」哇～這樣厲害！不只是可以單腳夾起地上的紙張、衛生紙，年輕時候聽說：「跟人家比賽還可以夾起杯子或筷子，甚至是裝著水的杯子也可以喔！又快又準確的！」每次老大爸爸心情大好的時候就很喜歡叫老大的媽露「這一腳」來瞧瞧～我就可以看到老大的媽好像很勉為其難地把紙張故意丟到地上，然後又很迅速的用她的腳指頭，輕而易舉迅速夾起那張紙，這時候老大爸爸就會邊拍手邊好像很崇拜似的一直搖著頭說：「喔！這樣厲害！這樣厲害！」

用腳趾頭夾東西這個技能我是有想練啦！我也希望有一天有機會可以娛樂大家。可是當我仔細看過老大一家人的腳趾頭之後，我發現用爪爪夾東西這對我來講「根本就像是不可能的任務！」因為我的腳趾頭雖然都寬寬、大大的，但是它們都太短了！紙張根本就塞不進我的任何一個趾縫啊！既然塞不進去的話，要怎麼夾起來呢？說到這裡你們可以瞭解我的心情嗎？就是興致沖沖很認真的想要去學一件事情或一個東西，卻因為天生和

別人長的不同而不能練習，甚至是發揮成專長，「如果說我不會沮喪那才是騙人的咧！」

既能快，也能慢喔！

可是話說回來；既然老大爸媽的個性「一個慢慢的、一個急性子」很明顯是從不同模子裡面出來的兩個人，看樣子他們好像也很接受彼此的不同（不像隔壁的王伯伯和王媽媽，常常會為了兩人速度的不同這件事，兩個人可以互相鬧彆扭一整天，就是兩個人都不說話啊！或是故意當作沒看到對方）。所以說啦！「好險我是生活在老大家裏面，所以我在家裡面要急性子也可以，要慢吞吞也可以，自在得很。」凡事就看我自己的判斷或情況來決定，所以先不管我在外面要如何，至少在家裡面我不只可以「跳著往前走，或是轉著圓圈一圈、一圈的慢慢往前走，我還可以背對著往前跳喔～好開心喔～」

小黑──女生
白色拉不拉多狗

男主人──人類
又名『老大的爸』

女主人──人類
又名『老大的媽』

小主人──人類
又名『老大』

小主人的弟弟──人類
又名『老大弟弟』

7 我喜歡我自己

有太多的為什麼……

我從沒認真想過老大的爸媽為什麼會領養老母？然後也領養我？我只知道自己很喜歡他們一家人，也喜歡待在他們身邊時的自己。老母曾經說過：「以後你既然要跟老大一家人住在一起，就要懂得怎麼跟他們一家人相處。」舉例來說：「像老大一家人的聽力沒有很好，尤其是一到晚上睡覺的時候更是明顯！連門外走廊有任何動靜他們都沒有感覺，所以這點你要特別協助他們喔！」

我記得第一次發現他們聽力早晚有差是在老母剛去鄉下的那幾天晚上。那次我覺得門外好像有怪物趁著黑夜伺機行動，要幹甚麼壞事。按照之前老母的處理方式是：「對著門口大叫幾聲，然後在門後繞個幾圈，等著門外沒有聲音了，就可以不用再叫了，免得會傷到喉嚨，又吵到鄰居！」可是那天晚上很奇怪，我重複了這個標準流程好幾次，先是對著門外大叫個四聲，身體在門後再繞個三圈，再大吠四聲，身體在門後原地又繞個三圈，沒想到門外的吵鬧依舊，真傷腦筋！以前這樣的流程來回個兩、三次，門外吵鬧聲音一定就會安靜了，可是沒想到那次我用老母教的方法試了三次之後，外面還是很吵，這下子我該怎麼辦才好呢？

動動腦！動動腦！

「是要去叫醒老人嗎？還是去叫醒老大的爸媽？還是要繼續在原地繞圈子看情形再叫一下呢？」真是把我考倒了！不過好在那次我在原地繞了很多個圈子以後，「少說至少比平常多5個圈子吧！」說也奇怪的，外面的聲音竟然就真的越變越小聲，後來就完全沒有聽到聲音了。「我就在想好險喔！」沒想到繞圈子真的可以讓聲音變小聲，不用我再叫了！

可是回頭一想，才發現老大一家人竟然都沒醒來，從那次以後我就更確定老大一家人的聽力在晚上睡覺的時候幾乎是不管用的！不像我嚕！「早上睡覺、晚上睡覺的時候聽力都不會不一樣！」而且即使是我睡著之後要我跳起來也很快喔！不像老大一家人，睡醒之後呢？他們都還習慣要坐在床上坐個好一會才能夠起來，我在想這算是我的優點之一嗎？「即使睡覺的時候聽力還是很好，這算是我的優點嗎？」所以既然大家都住在一起，我的優點是可以分給老大一家人用的！沒問題！

請叫我「出門第一名！」

還有啊！因為我出門的時候從來都不需要穿鞋子、也不需要梳頭髮、或是在臉上塗很多粉、或把眼睛畫得大大的，（反正我就是隻單眼皮而且還有黑眼圈的狗狗，很好認的啦！）所以幾乎每次我都可以自豪的說：「要出門就可以立刻出門」。有時候老大的媽會因為臉上要塗很多的粉或是老大的爸頭髮要吹的很有型，所以常常可以見到我和老大坐在客廳等他們兩個。這時候總是會聽見老大在喊說：「爸！媽！你們好了沒有？我們可以出門了嗎？快一點啦！……」（然後老大就會用那種很無奈、但又把我當成知己、好像我很懂她的心情似的眼神看著我，所以我也算是可以一起陪老大等人的伴嗎？）「可以很快出門、不用別人等我，也算是我的優點之一嗎？」我覺得在那個時間裡的我甚至都可以改名字叫做「瑞蒂」咧！（I am Ready）。

除了以上「夜間聽力」和「出門速度」這兩個優點之外呢，我會有自信的地方在於「我也算是老大家裡的垃圾桶喔！」因為我從來都不挑食，所以家裡有的剩菜剩飯，我都可以很快的吃光光！想想家裡有剩菜剩飯的機會真得不太多，即使真有的話，「第二天肯定就會被我吃完」，所以老大一家人肯定不用擔心一盤菜會吃到很多天。

這是我另一個優點喔！

另一個自我肯定的地方在於我是個配合度很高的伴喔！「我可以在客廳的磁磚地上坐著或趴著陪老大的媽媽看很久的電視喔！或是陪老大的爸在看賽車時，會ㄠ嗚個幾聲配合比賽實況。」老大的媽有時候看電視看到會哭，說什麼「電視裏面的人怎麼那麼可憐呢？」這時候我就會轉個頭面向她或是回頭看著她，用我「最～最～最～最～深情款款的眼神」，最好是眼珠裡面還有些水水的，「就像是剛打完哈欠的樣子」看著老大的媽。看著、看著，老大的媽在擤完她的鼻涕後若是看到我還在繼續看著她，她十次裏面有八次會摸摸我的頭，好像我也是她的知音似的，然後她又會回去繼續擤她的鼻涕，流她的眼淚。（可是她哪裡知道我根本就不知道她為什麼在哭啊？……真是不好意思咧！）「所以因為眼珠裡面可以水水的，我也算是能一起陪老大的媽哭的伴。」

老大的爸爸很喜歡看賽車。有時候看著、看著老大的爸會大聲慘叫一聲，「啊～～」那時候即便我是在他旁邊睡著了，我還是會立刻醒來，「ㄠ嗚個幾聲」配合他，沒想到這樣沒幾次之後呢？老大的爸每次準備要看賽車的時候都會叫我說：「小黑！一起來看賽車嚕！」

我都喜歡！

根據我的判斷，我在想老大的爸一定很喜歡我那次ㄠ嗚的配音。說真的，「我自己也覺得我ㄠ嗚的時候特別帶有感情呢！」尤其是頭一定要往後仰個 30 到 45 度！哇！那時候我ㄠ嗚起來真的是有夠神氣的！如果你們也想試一下這個動作的話，「要記得千萬不能仰超過 50 度喔！」不然除了你的聲音會發不太出來之外呢，你的頸子還有可能會卡住喔！

我記得之前有一次就是因為我ㄠ嗚太久，ㄠ嗚的太興奮了，害我脖子卡卡的三、四天，我覺得那次我的脖子應該是有扭到或是受傷了，很可憐的！我又不好意思跟老大的爸爸說：「我的脖子以後可能不能配合ㄠ嗚的叫聲這樣往後仰了！」呼！那次好險！過沒幾天脖子又自己好了。所以以對賽車投入的情況，我也算是可以一起陪老大爸爸看賽車的伴。

另外，老大的爸爸喜歡帶我散步，也許是因為我會邊走路、邊跟他搖尾巴打招呼吧！尤其是當他好心叫我：「小黑！要過馬路囉！」我都會面帶點微笑的看著他，而且尾巴這時候一定要不停的搖喔！我會小快步的跟上他的步伐，這時候老大的爸爸幾乎都會對我露出微笑，我就知道哈～哈～好開心喔～下次他要散步的時候，肯定還是會帶我出門啦！老母說得沒錯！「要對別人的友善表示感謝！」所以對人有禮貌也是我的優點之一哩！

就是要這樣啦！

老大的媽也喜歡我有禮貌耶！因為每次一遇到熟人的時候，只要老大的媽跟我說：「小黑！打招呼！」我就會開始輕搖我的尾巴！然後老大的媽媽會回頭對我笑。你一定會猜想說：「耶？這時候我要對那個人搖尾巴搖到什麼時候呢？或是要搖多久呢？」喔！這很簡單！老大的媽曾教我說：「如果我和那個朋友還在講關於你的事情的時候，你就繼續搖，表示感謝對方的關心。但是如果我們已經在聊別的話題的時候，你就可以不用再搖尾巴了！」

因為打招呼雖然是禮貌，但是盡量不要打擾到她們聊天。因為如果我一直在旁邊搖尾巴的話，可能那個朋友會不知道是要跟老大的媽聊天呢？還是繼續看我的尾巴？這會讓對方無所適從，也會讓對方和老大的媽在聊天的時候分心！我覺得這個理論很有道理耶！就像我看到一隻蒼蠅在我眼睛前面飛，如果同時間老大又在叫我的話，「我就不知道我該繼續盯著蒼蠅看呢？還是去找老大？還是邊跑去找老大，然後邊回頭繼續看我的蒼蠅？」這真的難以做決定！「同時間若有兩件事情發生，該選擇哪件事情呢？」

所以以那種聊天的情況我大概算過了！我只要輕輕搖個尾巴十下左右就可以停止了！所以這算是「可以顧到禮貌又不會讓我的尾巴酸到不行的方法！」對了！在這邊還要補充一下，就是如果她們有聊到很好笑的事情的時候，就是他們在大笑的時候我也要跟著搖尾巴喔！這代表我有感染到他們的喜悅！「呵～呵～」這很簡單的啦！

總而言之，我跟老大一家人相處的應該還算可以吧！因為老大一家人很少對我發脾氣，他們去很多地方或是做很多事情都會叫我一塊去，他們應該有喜歡我吧？！真希望有一天老大一家人可以對我說：「小黑!我們好喜歡你喔!」「嘻～嘻～」那我就是全天下最快樂的狗狗了！

小黑——女生
白色拉不拉多狗

男主人——人類
又名『老大的爸』

女主人——人類
又名『老大的媽』

小主人——人類
又名『老大』

小主人的弟弟——人類
又名『老大弟弟』

8 衝呀！衝向前方目標物～

我愛丸子……

有沒有想過什麼東西會讓你目不轉睛、佔據你所有的思緒、或者可以說是被「它」牽著鼻子走？對我而言「丸子」就是具備這樣的魔力。

事情的由來是；這幾天老大的爸常在哀嚎，因為他腳上的大拇指好像是指甲不知不覺長進肉裡面去了！所以他的腳只要隨

便碰到什麼東西就會很痛。感覺他走起路來的樣子也都小心翼翼的，深怕會撞到這、撞到那的……和他平日走路四平八穩的樣子很不同。去看醫生的結果是「需要把那個長壞掉的腳趾甲整個拔掉，好讓它重新長出來。」醫生說：「新的指甲長出來約需一個星期，而且在指甲還沒完全長出來這期間最好是每天都穿可以透氣的鞋子！一來是因為鞋子透氣對傷口好，二來是因為透氣的鞋子一定會有個縫，所以就不會動不動碰到腳指頭的傷口了。」

「可是一個星期太久了啊！」老大的爸爸每天都要上班，只有週末兩天有休息，上班的時候又不能像我小黑一樣不穿鞋子走路，所以暫時還沒辦法說拔掉指甲就拔掉。後來老大的爸媽想到一個可以先暫緩腳指頭疼痛，還有減少碰觸機會的兩全其美的辦法：「乾脆把那個長壞掉的腳趾頭包起來吧！」就是用一大綑的紗布來回在腳趾頭間左一圈又右一圈的包紮、上一圈又下一圈的包紮。所以整個腳趾頭包裹起來後比原來的腳指頭大上至少一倍左右，遠遠看好像是插了顆魚丸在腳趾頭上哩。雖然老大的媽已經把腳趾頭包紮成那樣密不透風，但這幾天這個無辜的腳趾頭還是不小心又被行李箱壓到，「哇！」老大的爸爸好可憐喔。

這可怎麼辦才好呢？

可是……重點來了！可憐歸可憐，我有跟你們說過：「我很喜歡吃丸子嗎？」或是換句話說：「我迷戀丸子已到不可自拔的地步」你們知道沒事就看到一顆魚丸在那裡動來動去的，這對我來說「是多麼大的誘惑？」即使不是在用餐時間，即使是我在已經吃很飽的情況下……請問：「這是在測驗我的忠誠度嗎？是要魚丸？還是要老大的爸爸？」每天都要忍著真是有夠難受的。要聞它也不是，不聞它也不是，要盯著看它也不是，不盯著看它也不是。每次遠遠看著那顆魚丸一動一動的在那裡故意引誘我上前的模樣，那種撲過去給它一大口咬下去的情緒真是難以抗拒呀！那種吃下去之後會有的飽足感和滿足感一直深深的潛藏在我的心裏，「厚……」真是要我的命。

有好幾次我趁著老大的爸爸在忙的時候，故意走到那顆魚丸旁邊，假裝很友善的先是靜靜、慢慢的一挪、一挪的坐在它的旁邊，假裝我沒被它吸引。然後再慢慢、慢慢、一點、一點的把我的頭輕輕轉向魚丸那裡，藉機聞它個一下；然後把頭再若無其事的給它轉回來；然後再藉機把頭轉過去聞它一下，然後再神不知鬼不覺的把頭給轉回來。天人交戰的一刻還是得面對……「我可以一口把魚丸大力的咬下去而不被老大的爸爸發現嗎？還是只要舔它個幾口我就心滿意足了？」

真是太大的考驗了！

我發現情緒這種東西很可怕耶！平常沒事就沒事，但是每次只要我一想到魚丸就在那麼隨意可得到的地方忽高忽低的挑釁我，看我有沒有膽子去吃它或者咬它的時候，我的情緒怎麼可能按耐得住呢？「這種情緒是壓不下來的啊！」就像老大的媽每次看到夜市裡面的碰碰車一樣！那種碰碰車就是大人或小孩都可以坐在上面，也可以一個大人抱一個小孩坐或是兩個小孩擠在那個駕駛座上面。只要投一些零錢把那個碰碰車給餵飽，那個碰碰車就會開始跑了！「它的速度可快、可慢、完全看駕駛人的技術和喜好，還有很大聲的音樂可以邊開邊聽喔！」等到碰碰車肚子餓的時候就跑不動了！這時候如果還要再玩的話，再餵它吃一些零錢就可以了，「很簡單！」

「碰碰車」的魔力對老大的媽而言是「每到夜市必玩它個幾

回不說，回到家後想到還會再唸個一下。」有時候太久沒去玩了，她也會專程跑去夜市玩它個幾趟才心滿意足的回家！我想老大的媽媽對碰碰車的狂戀不是在於車子本身的音樂，而是車子本身小小一台，「你想怎麼隨便亂開它都沒有問題」，就是那種想要瘋狂被甩飛出去但卻不會有任何意外的感覺。所以除非你是故意要開它去撞人，不然整個場地那麼大，「你是要蛇行開它，或者你是要繞圓圈圈開它，或者你要開～開～停～停～開～開～停～停～的都不是問題」，你保證絕對不會因為亂開這種碰碰車而吃到罰單的！

我也想試試看！

你可以在開車當下把自己想像成一個專業的賽車手正在開賽

前繞圈子作暖身準備，或是一個探險家正在探勘地形都可以！所以先不要管說：「老大的媽每次看到碰碰車眼睛就會為之一亮」，每次玩回來之後，她也都是一直笑瞇瞇的，感覺整個人的心情真是好極了！她這樣明顯狂熱碰碰車的程度就連老大的爸爸有時看到老大的媽媽不明原因臉臭臭的，也會主動提議說「要不要去開碰碰車啊？」「呵～呵～這招屢試不爽！」所以老大的媽媽看到碰碰車就會想去開它，至少要轉它個幾圈，如果要她只是站在旁邊看著別人開車，但她自己不開的話……我想她那種情緒應該也是壓不下來的！

但是對老大而言「什麼東西會讓老大的眼睛突然一亮？或者說是整個精神突然變得振奮起來了呢？」她超喜歡那種大型的彈彈跳遊樂場！就是整個遊樂場是打氣打起來的。所以我被嚴格禁止「小黑絕對不能上去玩！」因為我的爪子可能一不小心玩到太忘我的時候就把其中一塊皮給搓破了，或是把它給弄出個洞來，這樣整個遊樂場可是會慢～慢～慢～慢～的消氣消下去了咧！遊樂場的外面造型像是個大城堡般，但裡面每個部份長得都不一樣！形狀的對比差很大！

「裡面有很高很高的溜滑梯，很大的山洞，還有樓梯可以爬上爬下。」你也可以在裡面爬樹、盪鞦韆、或是玩警察抓小偷……每次都會有很多小朋友在裡面玩，它的優點之一就是「你絕對不會因為摔倒而受傷。」因為打飽氣之後整個遊樂場是很有彈性的！在裡面跑的時候雖然也要注意重心，不然也有可能會跌倒，「但是即使是跌倒你也不會痛啦！」因為這種遊樂場和地面不一樣，遊樂場是有彈性的。所以它會再把你整個人都給彈起來……很神奇吧！

我也是乖乖的等……

所以老大的爸媽對這種氣墊式的遊樂場很放心，常常就是兩個大人一隻狗在城堡外面等老大，讓老大一個人進去玩個夠。通常老大也真的會玩很久，每次她都是心不甘情不願的被叫下來回家！我想這個遊樂場對她的吸引力應該也是可以讓她完全不用防備的「跳！」「跳！」「跳！」她要跳多高就可以跳多高，反正跌倒了又不會痛！而且最棒的是它一直幫你把整個身體彈起來的感覺真的是很不可思議呢！

我完全可以了解老大那種已經玩到很開心的時候卻得要乖乖跟著回家的情緒是很難讓她接受的…講到這裡如果我會說話，或是可以用一種方法讓老大的爸媽諒解「我對丸子那種眼睛也會一亮的情緒，就像是老大的媽媽看到碰碰車一樣，或是老大看到彈彈跳遊樂場一樣。」那種被磁鐵吸到的感覺，那種想甩也甩不掉

的情緒是「不玩它不行」或「不吃它不行」，或許他們就會了解要我不去動那顆丸子的腦筋對我來說「是個多麼大的煎熬！」

可愛的丸子快過來！

我真的不是因為丸子本身可以吃，而是因為它的形狀實在是太可愛了嘛！或者如果老大的爸媽真的不能諒解的話，「可以請老大的媽媽不要把腳趾頭包成圓的嗎？可以把它包成正方形的嗎？或是把它包成三角型的也可以啊！因為我也是看外表的！外表如果不是圓圓的，而是尖尖的、或是方正方正的，我會覺得它已經不是顆丸子了，看那形狀ㄇ感應該也不會好到哪裡去，我才不會想要去理它哩！況且嚴格說起來「我的情緒是值不了幾袋食物的！」當然是老大的爸爸比較重要啦！孰輕孰重難道我分不出來嘛？

哇！先不說這個了！「魚丸又被掉下來的包包砸到了！」「哇！痛啊！」老大的爸爸又在哀嚎了！這真是個多災多難的魚丸啊……

小黑──女生
白色拉不拉多狗

男主人──人類
又名『老大的爸』

女主人──人類
又名『老大的媽』

小主人──人類
又名『老大』

小主人的弟弟──人類
又名『老大弟弟』

9 先從養一隻狗開始

我不想去別人家啦！

「天啊！現在是什麼情形？」老大的爸爸竟然要我去個陌生人的家裡住兩個禮拜，媽啊！我從來沒有住過別人家耶！（老大外公外婆家例外啦！而且要去的話也不會只有我一個。）

其實這個人也不算是個陌生人，就是老大的伯父啊！我們在外面是有見過幾次面，他偶爾也會來家裡面坐坐。可是真要我去住在他家裏兩個禮拜，「天啊！」他會記得要給我飯吃，不讓我餓肚子嗎？他會每天帶我去散步，或是更好一點讓我自己出去玩個夠嗎？

真不知道我接下來的兩個禮拜會不會每天挨餓？口渴？四肢沒辦法好好伸展走動嗎？還是怎樣？可是看樣子老大的爸爸似乎已經做好決定。那請問：「我可以帶我心愛的四方形烏龜枕頭去嗎？」我沒有那個枕頭我睡不著覺耶！兩個禮拜真的好久喔！

老大的爸爸為何會要我去老大伯父家住呢？說來話長！就是為了讓他了解身邊多了一個伴會有何不同？先試著與他以外的伴一起相處在一個屋簷下兩個星期，然後再從中看他適合和怎樣的伴一起生活。所以簡單講就是兩個重點：「相處與互動」因為好像伯父的年紀不是很小了，他的朋友大部分都結婚了不說，有的小孩都已經長得比伯父還高了！但伯父他還老是一個人晃來晃去的。所以有幾次他來家裡，他都會跟老大的爸爸聊一些「婚姻、孩子、家庭」的話題。

當然那些話題的內容我不是很懂啦！因為老大的媽媽又還不急著帶我去相親，所以這種事還輪不到我小黑來幫忙操心哩！反正他們聊著聊著，常常會得到一個結論就是：「伯父太忙了！也一直習慣一個人」，所以即使有人介紹不錯的女生，伯父因為不

知道該如何跟對方相處，要嘛！就是惹對方女生不高興，要嘛！就是伯父不高興。所以這樣一來一往的結果造成伯父到今天還是單身。

一個人的生活……

老大的爸媽也得到一個結論，或許是因為伯父真的單身太久，一個人太久了，所以遇到很多事情都是習慣一個人去面對、習慣一個人的思考、習慣一個人做決定、習慣一個人去承擔所有的喜怒哀樂。所以如果這時候身邊多了一個人他反而會不知道該如何表達關心？該如何面對別人的情緒？該如何顧到別人的需求？或感受？或者是彼此分享配合？

所以老大的爸媽才會建議我住在伯父家兩個星期，這是個好主意嗎？「我不知道！」但難道老大的爸媽忘了「我是隻狗嘛！我不是一個人耶！」一隻和一個的單位差很多哩！還有說真的，「跟我相處或互動會很難嗎？」

我很好養！

因為一來伯父只要告訴我「食物在這！水在這！」他要多晚回來，或是隔好幾天才回來，我都沒有意見啊！不是說我不關心他，只是他是一個家的主人啊！他想要怎麼安排他的時間，怎麼做他的休閒規劃這都不是我能插上嘴的。可是如果是跟個人相處的話就不會這麼簡單了喔！因為根據我的觀察，如果「老大的爸爸或是老大的媽媽其中一個比較晚回來，或是很晚還沒有到家，在家的那一個總是會給外面的那個打電話，或是還在外面的那一個也會打電話回家說大概何時回來。」

更不用說是老大了！「放學要立刻回家！聽到沒有？不可以

在外面逗留玩耍。」所以我得到一個結論：「如果要跟個人相處的話，要很晚回家或是隔好幾天才回家可能要有很正當的原因或理由喔！」不像跟我住的時候那樣輕鬆咧！

二來的話，我覺得比第一點還要難的就是要花時間和對方講話，花一些時間在彼此身上。像我發現即使老大的爸媽都在家，不管是「洗碗、準備吃飯、看報紙、澆花、拖地、洗衣服」或做一些其它的家務事，他們兩個常常都會彼此一邊講話，一邊手上還在進行自己的事情耶！

我該怎麼辦呢？

可是如果對象只是跟我的話，和我講個一兩句話就差不多結束了。因為我只會「汪汪叫」，我不太能給對方什麼很不一樣的反應吧！所以可能人在跟我相處的時候講話會覺得很無趣，接不太下去吧！「是吧！是這樣吧！」嗯～所以總結是和我相處比較不花時間。可是反過來說，如果是跟個人相處，如果另外一半是極端閒不下來的人，或是極端的像悶葫蘆一個，這也很傷腦筋哩！

有些人喜歡自己一個人在家安安靜靜的看書（像老大的爸爸），有些人則喜歡有人陪他一直不停的說話，或是聽他說話（像隔壁的鄰居王媽媽）。有些人則喜歡一有空就往戶外跑，不分平日或週末一刻都閒不下來！所以如果是要我來選伴的話！「我當然是喜歡那種和我一樣就是整天往戶外跑，除非累了才回家睡覺；餓了、渴了、才回家吃飯或喝水；或是下雨天才回家窩著休息儲備能量等天晴的時候再出去玩的伴。」

所以只是一個安安靜靜喜歡閱讀的伴，和只是一個不停說話的伴對我來說都不是那麼的適合我。但這些都是從我的需求做出發點啊！「我總不能不顧及別人的感受吧！」這時候就需要配合度了！「看怎麼個配合法。」像老大的爸媽平常在家除了跟彼此講話之外，老大的媽媽最喜歡「安安靜靜專心看她的電影」，有些電影她來回還可以看上個好幾次哩！老大的爸爸則像是我所說的：「喜歡一個人安安靜靜的看書」，所以這樣一來他們兩個人是可以配合彼此的。老大則是一有空就看電視，偶爾她當然會跟著老大的媽媽一起看電影，或是跟著老大的爸爸看書，再不然就是她一個人安安靜靜的回她的房間寫她的作業。

原來發出聲音也是需要體力的！

隔壁的王媽媽則是只要我一出家門，走在樓梯間的任何一個角落，幾乎隨時都可以聽到王媽媽的聲音。真的不誇張耶！「不管何時，王媽媽的體力超好的。」會覺得她體力好是因為我拿自己實驗過了！就是我用喉嚨一直發出聲音，假裝我是在說話或是很小聲的低咕些什麼，結果過了沒多久，「我的喉嚨竟然覺得好乾喔！」非要喝點水不行。如果喝完水後再持續用喉嚨發出剛剛那樣低吼的聲音的話呢！真的沒過多久，我就開始覺得站著頭會暈了，非要整個身體趴在地上不可。「我沒有辦法一直站著汪汪叫耶！」因為除了頭暈外加上我的四肢腿會軟，所以我猜王媽媽的身體一定很好！「不然她怎麼可以一直不停的講話呢？」如果樓梯間沒聲音的話，我猜可能就是她在睡覺吧！或是在喝水、正在洗衣服或是準備吃的東西也說不一定。

王伯伯則是典型的悶葫蘆一個，我在樓梯間很少聽到他的聲音的！因為他幾乎都是站在聽眾的角色，所以王伯伯和王媽媽在這方面他們兩個人也算配合的很好啊！這樣講起來如果一個屋簷下只有我跟王伯伯兩個人相處的話，那一天下來我們兩個加起

來的話可能最多不超過五句吧！我們大概最多就是「王伯伯看看我」，或是「我看看王伯伯（外加搖搖尾巴）」，然後我們大概就知道彼此的意思了吧！我在猜！「嗯～」很可能這就是我和王伯伯兩個相處互動的樣子。

至於在老大家呢？如果沒有人想出門或是還沒要出門的話，我當然就是乖乖的看是坐在老大的媽媽身邊陪她看電影，或是乖乖的躺在老大的爸爸身邊陪他看書，再不然就是躺在老大的房門口。「老大寫作業的時候不喜歡我跟在她的身邊，她都會把我趕出來」所以這時候我也只能躺在老大的房門口睡覺流口水或沉思冥想了！當然如果這時候我只想自己好好反省反省一下的話呢！我也是可以去躺在靠近客廳陽台邊的那個大窗戶旁，讓整個風輕輕吹進來，輕輕吹佛過我的頭頂，看我的頭腦會不會變得清醒點？或是我如果真的睏了，我也可以去躺在我的窩裡面好好睡個覺，補個眠，再等著伺機出個門去溜達溜達。

所以我對老大家每個人的配合度應該也算還不錯吧！「呵～」說了半天，我沒有這麼偉大啦！我好羨慕老母那樣的生活！就是想出門的時候隨時就可以出門，想回家的時候隨時就可以回家。你知道那個秘訣在哪裡嗎？「就是那個神奇的門！」「嗯～」鄉下老母現在住那個家的門是可以自己去用身體撞開的喔！然後說也奇怪，雖然那個門是需要用力去撞開沒錯！但是它也會自己彈回去關起來喔！「很炫吧！」

說起來老大的外公外婆都不知道老母是何時出的門？何時回的家咧？「呵～呵～真好！」一點都不像老大家的門，又重又厚的！「厚～」即使我想用力去撞開它，它也不會打開的，一定要等老大家其中一個人親自去開門以後，門才會被打開。門開了之後，它也不會自己彈回去關起來喔！一定要等有人去推它一把、或者撞它一下、它才會被關起來。「唉～」說起來真無力！嘻～可是想到這裡我反而有點期待「不曉得伯父家的門是哪一種門哩？」

小黑——女生
白色拉不拉多狗

男主人——人類
又名『老大的爸』

女主人——人類
又名『老大的媽』

小主人——人類
又名『老大』

小主人的弟弟——人類
又名『老大弟弟』

10 三條魚

我不挑食……

身為家中的垃圾桶需要負擔些什麼樣的責任呢？就是把「不能浪費任何一丁一點的食物」當作最高的指導原則，而這也是我小黑「絕對遵命奉行」的原則；可是以下的對話卻讓我的原則輕易的就「破功了……嗚……」

「天阿！那三條魚還在冰箱裡面？放多久啦？」又到了清理冰箱的時候，只聽見老大的媽媽邊清理冰箱邊尖叫。「什麼？那三條魚還在喔！我完全忘了這件事。」老大的爸爸人雖然坐在客廳看報紙也出聲音附和著老大的媽媽。只有我呆呆又憐惜不捨的看著廚房地板上那三條被無辜犧牲的炸魚，「嗯！」他們一家三口又忘了吃老大外公外婆好心帶來的魚。我怎麼可能活生生、眼睜睜的再一次看見食物從冰箱直接跑到垃圾桶裡面去呢？垃圾桶不應該是食物的終點阿！終點好說歹說也應該是在我的肚子裡面阿！

說起來老大他們一家人真的不是那麼喜歡吃魚。不要說我根本沒吃過幾次魚，連他們兩大一小也很少吃魚。早在老母離開我之前我就知道：「老大的爸爸不吃魚，聽說是因為曾經被魚刺刺到喉嚨嚇過，所以他只要看到或聽到有魚的身影或魚的字眼就避之唯恐不及」他驚嚇躲避魚的程度就像老大的媽媽看到太陽出來一樣，完全不誇張。

想都不用想

所以更不要妄想說老大的爸爸會主動買魚了！老大的媽媽則是因為老大的爸爸不吃魚，而她自己對魚肉也沒有特別的偏好，所以家裡就很少買魚，會出現在家裡餐桌上的魚大都是老大外公外婆來家裡玩的時候順便帶來的，所以家裡也只有在那時候的冰箱裡面或桌子上才會看到魚的身影。

「這一次真的放太久了啦！」老大的媽媽無奈的說著：「該怎麼叫媽不要再帶東西來呢？人來玩就好啦！還要大包小包的！」說來說去都是因為老大的外婆很喜歡吃魚，若形容她是「魚類的頭號殺手」一點也不為過。

魚兒的頭號敵人……

記得上次去鄉下看老大的外公、外婆還有老母的時候，第一天就看到桌上有兩道菜是魚。第二天餐桌上又有兩道菜是魚，而且都是還沒吃過的喔！所以我在想老大外婆的餐桌上不管是哪一餐，一定至少有道菜是魚。那種需要魚肉的感覺會不會就像是沒有吃到魚肉就像是還沒有吃飽似的？「老大的媽媽則是愛吃麵包愛吃到每次吃的時候可以一次吃掉半條土司；老大的外公則是老大的外婆準備什麼他就吃什麼，像我一樣很好養；但他吃完飯後一定要來根香蕉，」好像香蕉可以幫老大外公那一餐做完美的結束似的！

呵～「老大的爸爸則是有吃到飯才會覺得有飽，老大則是喜歡邊吃飯邊看電視」，好像吃飯本身是件很無聊的事，所以為了要讓它有趣些只好同時找點其它的事情來做。所以話說回來，每次老大的外公外婆來家裡玩，老大的外婆為了顧及自己的喜好，也為了鼓勵老大一家人多吃魚，所以她每次來家裡玩都一定會帶很多條魚來。她的吃飯哲學是：「要吃魚就吃一整條完整的魚才

過癮！」因此老大外婆來家裡玩的那幾天當然桌上就會出現魚肉，連我有時候也會分到一些哩！

「呵～這可是很難得可以吃到的。」可是老大的外公外婆一回去之後，桌上的魚說也奇怪的立刻就會從餐桌上消失了。我第一次吃到魚的時候感到很新鮮，也覺得很美味阿！吃了幾餐之後，本來以為以後應該是會常常可以吃到這種食物的。

「耶？」哪知道有一天才突然發現我已經一連好幾餐，甚至是好幾天都沒吃到它了（所以那次之後我才發現魚肉和老大外公外婆的關聯性）。就是要算的話是從老大外公外婆來的當天的下一餐開始，桌上就會開始出現魚肉，而與魚肉這般友好的時間則是持續到老大外公外婆當天回去後的下一餐結束。這個週期可是很準的！我除了第一次沒確切注意到與魚肉友好的起訖期間之外，之後第二次開始每次都是這樣非常固定的。

統統都給我吧！

我本身對這個週期是沒有甚麼特別的想法啦！反正我是隻好養又隨和、配合度也高的狗。主人準備什麼，我就心滿意足的吃什麼，絕對沒有二話。可是基於不浪費食物的原則，我是很想建議老大爸媽：雖然他們一家人對魚肉沒有特別偏好，但我是有點想說：「我小黑不介意每餐再吃飽一點！」不是他們給我的食物不夠，也不是我為了在肚子裡面囤積食物，也不是我非吃魚肉不可，我只是單純的想說「既然魚肉都已經在冰箱裡面了！不吃好可惜喔！」每次想到這件事情就想到我那些生活在街上的同類是有一餐沒一餐的！而我更怎麼能夠視食物為如此容易被丟棄的東西呢？

講到這裡，我就有股衝動等會趁沒人注意的時候或是再晚一點等大家都去睡覺的時候，我要好好仔細的去垃圾桶裡面翻一翻、找一找，把老大的媽剛丟進垃圾桶的那三條魚再撿出來吃。這樣講起來都是因為「老大的爸爸故意忘了吃；老大的媽媽則是因為可以預見她辛苦弄了這道菜之後，但肯定沒人會捧場，所以她也就選擇寧可先放冰箱而不處理。」「嗚～」他們怎麼都沒有想到：如果不知道該如何處理食物，或是不想吃某種食物的話，可以都給我吃阿！「我不介意吃別人不吃的東西阿！」

老大的爸媽真是太客氣了！以為我這樣吃心裡會有芥蒂，所

以他們寧肯將魚肉放到冰箱放到不能吃了，也不願意交給我處理這些魚的結局。「哎呦喂～這誤會可大了！」我該怎麼讓他們明白或者知道他們可以把不要吃的魚都交給我處理呢？有些點子有空你們可以幫我好好想想：

例如「半夜偷偷摸摸神不知鬼不覺的把垃圾桶內的魚吃乾淨，以後也比照這種方式辦理。」或是今天夜裏先把三條魚從垃圾桶裡面撿出來，先忍著不吃，等老大爸媽明天起床後看到我乖乖的坐在廚房三條魚的旁邊時，或許他們會看得懂我的暗示。再來就是這次先把這三條魚神不知、鬼不覺的從垃圾桶裡面找出來吃掉。下次若再有機會和老大一家人吃魚的時候，我要想辦法讓他們看到我狼吞虎嚥吃魚的樣子，或許他們就會覺得我很喜歡吃魚，所以也就會開始把不要吃的魚拿給我吃而不會覺得不好意思或是有罪惡感。

「快想辦法阿！有什麼辦法是最好的呢？」等下老大爸媽就要去睡覺啦！這件事可不能再拖到下次了！我和魚之間以後會有什麼樣的發展就看這次我怎麼處理了。「這次就要想辦法搞定！」我的腦袋難道這時候不能為了食物這件事情擠出一點腦汁來嗎？現在想的可是食物耶！「永遠都不嫌多的食物耶！」

都怪我平常腦袋放空太久，都不太用說，所以有時候真正需要派上用場的時候反而有點使不上力。ㄟ ˊ ！「對了！」我覺得剛剛想的第一個方法不太好。因為這樣一來我和那些會偷偷搬走人家食物，又不打聲招呼的螞蟻、蟑螂有何不同呢？況且老大一家人這麼相信我，我怎麼可以自以為神不知、鬼不覺的就偷偷吃掉家裡的食物呢？而且還是從垃圾桶裡面撿出來吃的！這個要是被老母知道了可不得了啦！老母一向堅持只吃碗裡的食物，主人沒給她或是食物不在碗裡面的話，老母一律不會去吃。「老母就是這麼順從，這麼聽主人話的。」

要先用哪一個方法呢？

這樣說來只有第二個方法最好了喔！先看看老大爸媽看不看得懂我的暗示？如果他們看得懂的話，我就可以直接在他們面前大口吃掉那三條魚啦！如果看不懂的話呢？那就先用第三個方法好了！「嗯！好！就這麼辦！先不跟你們說了，我要去準備了！」

小黑──女生
白色拉不拉多狗

男主人──人類
又名『老大的爸』

女主人──人類
又名『老大的媽』

小主人──人類
又名『老大』

小主人的弟弟──人類
又名『老大弟弟』

11 自畫像

我也順便來一張吧！

「老大一家人很喜歡照相！」尤其是老大的媽媽特別喜歡拍照。如果是去比較遠的地方，幾乎是走到哪就拍到哪，她不太在意大家是不是很累？睡眠不足？或是手上提著大包小包的東西。她只要一看到她喜歡的景點或是誰的表情，她就喝令全家人或是那個人「不准動」，或者是請那個人「再做一次剛剛那個表情」，因為她要把剛剛那整個的感覺拍下來！「要笑嗎？身體要偏過去一點嗎？眼睛要看你嗎？」光是這樣想就覺得不是很自然！

「要捕捉前一秒的神韻」我是覺得這有點困難！但是因為老大的媽媽對於拍照這件事情的興致一直都很高，所以我們大家也就從頭至尾順著她嚕！即使她拍的照片大多是以好玩為主，不是什麼美美或者可以稱做為帥帥的代表照。想當然！在她的作品集中的我，要嘛！就是頭往一邊30度左右的傾斜，兩隻眼睛往上看，嘴巴微開的一號沉思表情。要嘛！就是我正對著鏡頭看的二號眼神，望著遠處呆呆看的表情。我是沒得選的！誰叫老大的媽媽特別喜歡我這兩個表情呢？所以在所有我的照片當中，往往只會看見背景換了，像是路人換了，店家換了，街景換了，但我所有的表情都是這兩個樣子換來換去的！

可是你們知道嗎？當我發現有自畫像這個東西的時候「就是那種你自己可以選擇要站著，也可以選擇要坐著，或是要擺什麼特別的姿勢都沒關係。然後你的正對面會有一個畫家拿著一支筆幫你畫你現在的樣子還有姿勢，通常是大約畫個十幾分鐘左右就可以完成你的一幅畫像！」當然在對方畫畫的同時你也不可以亂動，「我覺得我又重新燃起了一些希望！」或許有一天我也可以看起來容光煥發，像是個狗中女豪傑，到時候不管是誰把我這個自畫像往家裡的哪邊一擱，大家只會記得我最好的一面。

我也想要有那個！

就像電視裡的「家有忠狗」一樣，因為主人把忠狗的照片掛在家裡的客廳一角，所以不管誰來家裡玩都可以看到那隻忠狗耶！所以自從上次和老大一家人出去玩看到自畫像這個東西的時候，我就一直念念不忘，回到家的時候我只要想到這件事情，我一有空就會對著家裡我可以看到的鏡子擠眉弄眼的做很多的表情，心想有一天「如果真有機會再看到那個自畫像的攤位時，如果老大的媽媽那時也想來個自畫像時，說不定身為家中一份子的我也有機會可以做一下真正的自己喔！」呵～想到這裡就不知不覺覺得很期待下次出去玩了。

這期間我有空在家裡對著可以看到的任何鏡子至少練習了不下上百次我最喜歡的樣子吧！那就是「英挺的對著鏡頭站著，嘴巴微微張開淺笑，尾巴本身跟身體的高度平行，只有在尾巴後面的四分之三尾端處才開始稍微輕輕揚起。」

可是沒想到今天出去玩的時候我平常的練習卻完全派不上用場，「嗚～我好難過喔～」

可以說是老大一家人忘了我嗎？還是只是不小心忽略我了？還是他們覺得我不需要有自己的自畫像？今天每個人都有自己的自畫像啊！先從老大的爸爸開始畫，再來是老大的媽媽，再來是老大，就我沒有。「我本來以為我會是排在最後一個畫的！」所以當他們一個一個輪流在被畫的時候，我已經偷偷在旁邊表面上假裝在等他們，事實上則是卯起勁來練習我喜歡的表情。

我原來是這樣想的！

我的計畫是希望老大的媽媽一叫我：「小黑！換你了！」，

我可以立即秀出我那「雌中豪傑」的模樣，然後趁老大的媽還沒回過神來的時候，她已經愛上我心目中真正自己想要的樣子了！這樣一來她就不會再叫我做那兩個老掉牙的表情了。而我也就有機會真正擁有我喜歡的第一個自畫像了！

可是沒想到結果是我等老大好不容易畫完之後，老大的爸媽兩個人竟然很異口同聲的跟老大和我說：「走吧！我們再去別的攤位看看！」然後我們就這樣離開那個自畫像的攤位了！真的耶！就這樣毫不猶豫的帶我和老大離開那個攤位了。「沒想到他們竟然跳過我了……」剛離開攤位的時候，我還依依不捨的猛回頭看那個畫家，暗自希望老大的爸媽可以察覺我被他們忽略的感受。可是他們卻好像誤會我的意思一樣，以為我還在好奇剛剛那

整個畫畫的過程。所以他們就這樣邊走邊聊的永遠離開那個地方了！

離開就沒機會了……

回來的一路上我都很安靜，也走得很垂頭喪氣，「他們還是沒有把我當成家裡的一份子呀？」老大的媽媽以為是我玩累了，還說：「小黑晚上應該會很好睡喔！說不定還會睡到打呼哩！」她哪裏知道我其實是很傷心的！但是算了啦！她又不是我肚子裡面的小蛔蟲，她哪能知道我真正的想法？而且她會想說我會累到睡覺打呼也是沒錯，因為我以前也有好幾次出去玩的時候，可能就是因為一直在跑，不停的跑……所以那幾次的晚餐我幾乎

都沒吃完就睡著，然後就一覺到天亮了。所以當我早上睜開眼睛的時候才聽老大一家人說：「小黑睡覺會打呼耶！而且是打很大聲的那種呼喔！」「欸！」我能怎麼跟老大的媽媽說其實這次不是這樣呢？

我要怎樣才能夠讓老大一家人明白我的心意呢？我希望自己真的是這個家的成員之一，我也希望可以有我自己想要的樣子。雖然我的長相就是一付忠厚老實的呆模樣，可是我也希望有一天能夠「像吉娃娃一樣有那樣精明的表情，或是像柴犬一樣有那樣老神在在的模樣，或者再像是狼犬一樣有那種天不怕地不怕，誰敢惹我，我就咬誰屁股的那股狠勁。」說穿了，「我只希望老大一家人可以真正接受我作為這個家的成員，除此之外也可以接受我其他的樣子。」

然後我真正最希望的是如果有一天我也像老母一樣退休以後住到鄉下和老大的外公外婆一起生活，這樣一來老大一家人便沒有辦法每天都看到我，所以如果這時候家裡的某個角落可以放一張我自己覺得最喜歡的照片，這樣他們想不看到我，或想忘了我的長相都很難哩！「嗚！」這只是我小小的心願而已啊～

小黑——女生
白色拉不拉多狗

男主人——人類
又名『老大的爸』

女主人——人類
又名『老大的媽』

小主人——人類
又名『老大』

小主人的弟弟——人類
又名『老大弟弟』

12

牠下班啦！

休息是為了走更長遠的路……

「狗狗看到陌生人一定會汪汪叫嗎？有那種看到陌生人不會叫的狗嗎？」

「沒錯！」我會這樣揣測是因為剛剛跟老大的爸爸去買宵夜，回程的時候老大的爸爸臨時說：「小黑！我們今天走另外一條路回家。」我在猜老大的爸爸應該也沒走過剛剛那條路，他只是心血來潮抱著冒險犯難的精神，想說「說不定換條新路走可以更快到家哩！」所以總結就是回程的時候我就如往常一樣跟在老大的爸爸身邊走，只是我們一左一右的慢慢摸索著新路回家。

前面有一小段路是還好，因為沿路有一盞一盞的路燈陪伴。但是中間一轉彎經過一個巷子的時候，「媽呀！怎麼變得那麼暗？」天啊！這條巷子的路燈竟然沒有一盞在亮耶！是怎樣啊？沒人住這裡嗎？那時我感覺老大的爸爸放慢腳步在猶豫，他可能在想說是不是要繼續往不知名的前方走？還是乾脆沿著剛剛的那條路走回去算了！說也巧，當我們兩個的步伐都減緩下來的時候，那時正好有一隻高大又雄壯威武的狗從一台車子後面突然冒出頭來。

老大的爸爸趕緊叫我：「小黑！不要再往前走了！」免得我無緣無故可能走進那條狗的地盤。「嗯！」老大的爸爸對我真是沒話說，知道我怕黑，也知道我只是陪他出來散個步而已，所以我的心情真是輕鬆到不行了。我完全沒有心理準備要跟誰吵架、打架、互咬、比比看誰的牙齒比較大顆、誰的前腳比較有力。所以我就和老大的爸爸兩個站在原地，誰也不敢亂動。後來老大的爸爸蹲下身子，就怕與那隻大狗之間引起不必要的誤會，所以我也學老大的爸爸壓低身子。我們一左一右一起等著大狗的反應，

又看看彼此，沒想到後來那隻大狗只是對我們搖了一兩下尾巴，然後好像是懶得跟我們計較似的就掉頭轉身走了！「呼！好險喔！牠連叫都沒有對我們叫一聲耶！」

大狗走了之後，老大的爸爸決定還是沿著剛剛來時的路走回去，「這麼晚了，還是走熟悉的路好了！」他說。「下次探險還是選在白天的時候比較好。」我聽了之後則是心中暗自高興，「呵～呵～」好險我們剛剛遇到的那隻大狗已經下班了！所以牠不會對我們不小心入侵牠的地盤感到太憤怒！不然如果剛剛時間再早一點的話，或是牠還沒有下班的情況，「厚！」你們等著看好了！事情絕對不會是這樣結束的。光看牠的身材要打贏兩個我絕對沒有問題！還有另外一點就是好險牠的老大也不在現場，牠不用故意演給牠的老大看，好證明牠是一隻勇猛無比又爆發力十足的忠犬。

平安回家囉！

「呼！光是這樣想，我就覺得我和老大的爸爸算是運氣很好哩！能夠不帶一點傷的平安回家。」嗯！有誰說快快樂樂的出門

就一定可以平平安安的回家？嗯！老母也曾經交代過：「三個暗巷裡總有一條惡犬。」嗯！果然沒錯。可是話又說回來，我拿我身邊的好朋友小白做例子好了！牠很特別！牠是一條任何時候看到陌生人不但不會叫，反而會低頭默默走開的狗。牠的想法是「陌生人應該不會這麼大膽吧！都知道這戶人家有養狗了！還敢隨便入侵別人的地盤，那不是自討苦吃嗎？」所以牠對於出現在家裡附近的陌生人牠都覺得應該是來找王媽媽、王伯伯、或王姊姊的朋友；所以牠最多也是只看那個陌生人一兩眼或是聞一聞他身上有沒有可疑的氣味，然後就會走開去做牠自己的事情了。

至於我另外一個好朋友北茂茂，牠則是幾乎隨時隨地看到任何人都叫。可能牠的防衛心比較重，在牠腦海裡深深覺得「陌生人是寧可錯咬一個也不能輕易放過任何一個不確定是不是善類的活口。」所以牠的這種心情也難免一天二十四小時如影隨行的跟著牠。

人多熱鬧啊！

而我呢？「我覺得老大全家人都出動的時候是我最輕鬆的時

候。」因為人多可以壯膽，但有些情況則是需要我的汗毛隨時隨地都站立得好好的。像是：「只有我和老大兩個單獨出去玩的時候。」我總覺得保護老大是我的責任，所以一定要一路緊跟著她，直到我們兩個都平安到家為止。所以跟她出門對我而言可是一點都不輕鬆。我不太能只顧著自己散步，或只顧著自己玩耍。我得要隨時隨地眼看著老大的四方、耳聽老大的八面、不只注意

馬路上、巷道間來往車輛中有沒有車子亂開，也要提防那些老大爸媽口中提到會對小朋友作怪怪事情的變態傢伙出現。

而和老大的爸爸或和老大的媽媽出門，我則可以稍微喘口氣，神經不用時時刻刻都那麼緊繃。因為他們都是很大又很高的人了！感覺上若是遇到甚麼突發的狀況，我們是可以一起面對的！但又有一個例外的情形就是如果晚上大家都在睡覺時，我覺得全家那時候就屬我最清醒，所以那時候的我責任也最大！像我

這種沒有固定時間、完全看情況而決定要怎麼做的狗狗應該也不在少數。

不要太晚睡！

「呼！剛剛真是嚇出一身冷汗！」說來說去總歸一句：「好險！」剛剛那隻大狗已經上了一整天的班了！一來想必牠也累了！需要休息。二來牠也可能不想在下班的時候再把自己給弄髒、弄傷、畢竟牠也算平安的過了一天，沒必要在這個時候帶著傷口回家。三來也許有那麼一丁點的可能，就是因為牠覺得我可能也是一條像牠一樣厲害、但只是品種跟牠不一樣的猛犬，所以真要和我打起架來的話呢？牠也不一定穩贏啦！「所以我的體型比博美、貴賓、西施那些嬌滴滴的狗還大隻，終於也有一些優點了喔！」呵～四來的話，我想我今天也早點去休息好了！因為像剛剛那樣短暫卻又緊張的對峙害我的胃到現在都還怪怪的，有點想吐、想吐的說，「希望今天可以就到這裡平安順利的落幕」我也想下班了！

小黑——女生
白色拉不拉多狗

男主人——人類
又名『老大的爸』

女主人——人類
又名『老大的媽』

小主人——人類
又名『老大』

小主人的弟弟——人類
又名『老大弟弟』

13 跟小貝比說再見

以前的我也是這樣……

「長大真的是一件好事嗎？」剛剛在回家的路上看到有主人把狗狗放在她隨身的揹袋裏面，隨身帶著走……就是狗狗把牠的一顆頭露在袋子外面，隨著主人的步伐一路晃頭晃腦的，主人走去哪，牠也就跟去哪裏……其實這個畫面我之前也看過很多次了，只是今天的我感觸比較深，真的好羨慕喔！

我很小很小的時候，老大的媽也曾經有段時間把我裝在她的袋子裡面隨身帶著走，或是把我抱在她的手上帶我去散步。「這

種不想長大，怕長大之後就會失去別人關愛的心情你們可以了解嗎？」記得那時候老母還沒有去鄉下，因為我才剛在學走路，所以走路都走得很慢，而且身體左、右搖晃的很嚴重，可能是我還在摸索所謂的平衡感吧！一不小心常常重心不穩，我的半邊身體就會往左邊或右邊傾斜，然後身體就整個往那個方向倒下去。所以每次去散步的時候，一路上老大的媽都會抱著或揹著我。

「那時候的我呆呆的，不曉得能夠被別人這樣小心翼翼的抱著、呵護著、是多麼幸福的一件事。」偶爾從老大的媽手上看在下面走路的老大還有老母，還很天真的羨慕老大及老母可以自己到處走、到處晃。那時我只覺得好多東西都沒有看過，很希望有機會可以自己去碰所有的東西。我從出門一路在上面呆呆的到處看，然後呆呆的跟著回來，沒有特別去珍惜或者故意撒嬌希望可以被老大的媽抱在手中久一點，反而是希望可以盡快被放下來，

讓我可以好好的去探索周圍的環境。

我不想要長那麼大……

慢慢的我長大一些了，老大的媽也不再像小時候那樣每次都會抱著我、或揹著我走路。剛開始我是很喜歡這樣的自由沒錯，可以自己到處東碰碰、西聞聞，學老大或老母那樣，想看什麼就靠近一點看，想聞什麼就靠近一點聞，不會動不動就有人拉著我的脖子跟我說：「這樣不可以、那樣危險」的。那時我記得我還曾經聞過一隻金龜子聞到我都鬥雞眼了咧……呵～那次真有趣。

可是萬萬沒想到，後來我變得越來越大隻了，老大的媽也就從每次、經常的頻率到最後就真的索性完全不再抱著我或揹著我了！「只是因為我變大、變重了嗎？還是因為我已經斷奶不再是個小貝比了？」那種感覺很難形容、也不好受，好像他們以後都不會再像從前那樣那麼近的疼愛我了，真的很失落。

這件事情我想了很久很久，變大、變重這件事情我真的沒有辦法去控制，因為我本來就不是像馬爾濟斯那樣的體型，我不像牠們再怎麼吃、再怎麼睡，最大的體型不過就是那樣，一個袋子可以隨身拎著走；有時候我還甚至看到一個袋子裡面裝兩隻馬爾濟斯咧！「這如果是我的話怎麼可能做得到啦？我覺睡得好、吃得好、明明年紀就很小，可是我看起來就是很大隻。真是不公平！」

如果再講到真實年紀的話這我就更沒有力了！因為即使是馬爾濟斯狗瑞公公、或者狗瑞婆婆看起來還是比我小很多。我想像我這樣體型的狗，除非是嬰兒時期有機會看起來比其他不同種的狗狗小之外，有機會被主人抱在手中，有機會享受那種和主人零距離親密的感覺，就是眼睛對眼睛、嘴巴對嘴巴的水平高度，不然說真的大概一輩子應該都是只能由下往上看，不是看主人的鼻孔，就是看主人嘴裡的銀牙金牙或是菜渣，真的很少有看到主人會願意蹲下身子跟我們講話的……

有陣子我曾經想過如果我每天少吃個一餐，這樣會不會減緩我變大的速度？我是不是寧可餓肚子也要執行這個殘忍的想法？可是我每次看到美食，就又完全忘了身高體重這檔事，總是想著「先吃完這一餐再說吧！」我本來同時也把這個希望寄託在老大一家人身上，看他們是不是偶爾會忘了我，然後就忘了幫

我準備某一餐。結果沒想到，「希望果然是不能寄託在別人身上的！」因為他們一家人除了固定供給我三餐之外呢！還不定時請我吃零食像是餅乾、小麵包之類的東西，這些我怎麼能拒絕呢？看著他們的好意，我總不能故意耍性子不吃吧！我明明就是不挑食的啊！所以這個希望也就很自然的落空了。

後來我想到一個點子，就是如何讓自己的身體停留在當時那樣的大小而不再長大的點子。我本來以為這個方法一定萬無一失，妥當得很。心裏想著「既然我不能控制自己吃進去的量，那我總有辦法可以嘗試吐出來的量吧！」哈～哈～我的計劃是某一餐吃完之後，先讓我坐著休息個三十分鐘，讓我還能稍稍回憶一下剛剛與食物短暫相遇的美好，然後再想辦法不管是我水平躺著、還是頭朝下屁股朝上緊靠著牆壁倒立看食物會不會自己這樣從我嘴巴裡流出來。

可是用這方法試過一兩次都不成功以後，我就想那還是直接來點刺激有效的吧！所以有一次我在吃完飯之後也不休息了，我就「一直跳、一直跳、一直跳……」跳到後來果然有些食物從我嘴裡流出來了，可是先不說用這種方法吐出來的食物量好少之

外，沒想到老大的爸媽看我這樣還以為是我生病了，竟然帶我去看醫生。喔！我的媽呀！他們都不知道其實是我用心良苦，這種嘔吐實在不需要大驚小怪的啊！害我那天莫名奇妙地被帶去看醫生，所以結論是用這個方法也是失敗的。

「耶～」講到這邊你們不要以為只有我會這樣做喔！好像只有我不想要長大似的！告訴你們一個秘密，聽老母說：「老大小時候也很愛玩假裝自己是小貝比的遊戲。就是那時候老大明明已經自己會走路會跑步了，還常常要老大的爸媽跟她玩拍背背的遊戲。」什麼是拍背背的遊戲呢？就是老大假裝先躺著，然後老大的爸或是老大的媽要輕輕的扶她坐起來，扶起來之後老大的爸媽通常都會輕聲問她：「這樣好了嗎？」老大這時候就會說：「還

沒有拍打嗝……」然後老大的爸媽就會再幫老大拍拍背。輕輕拍打背部一陣子之後，老大的爸媽又會接著問說:「這樣好了嗎？」全部的流程要等到拍老大的背拍到她「哦」的一聲假嗝打出來之後才能算結束。這就是所謂「小貝比拍打嗝」的遊戲！

所以看起來這樣不是只有我不想要長大，你們看～「連老大自己有時候也不想要長大。」說來說去這都是因為老大和我都擔心長大之後老大的爸媽就不會再像我們小時候那樣對我們呵護了。把我們抱在手上，因為我們都太重了！「抱久了手啊、腳啊可是會受傷的～」「嗚～嗚～」手受傷這點我是可以諒解的，但是有一個折衷的方法就是：「坐著也可以抱吧？」頂多是彼此都熱一點，身上流一些汗，但是這樣老大爸媽的手應該是不會受傷的。

唉！說了半天「好希望有一天可以再被那樣疼愛的抱著、或揹著喔～」即使是只在家裡面被抱著不用出去到外面散步那也很好啊！而且如果真有那麼一天的話，「這次我一定會假裝我長得很小很小一隻，然後再跟他們一直撒嬌、一直撒嬌、好好珍惜能夠窩在老大爸媽手中的時間。」

小黑——女生
白色拉不拉多狗

男主人——人類
又名『老大的爸』

女主人——人類
又名『老大的媽』

小主人——人類
又名『老大』

小主人的弟弟——人類
又名『老大弟弟』

14 小心！有解說員怪客出沒！

我準備好了！

老大今天還需要我做她的聽眾嗎？「嗯……看樣子應該還會！」她這樣對我每日一練的結果，害我都真的開始要相信那個池塘裡真的住了隻百年的尼斯湖大水怪哩！沒想到老大會這麼喜歡說這個大水怪的故事，這個應該是老大爸媽當初怎麼想也不會想到的事情吧。事情的開始就是前幾天我們全家人去一個很大的公園裡面玩。公園裡面還有安排整點時間的解說員（就是負責解說公園裡面一草一木的那個人）。所以如果想要聽公園解說的遊客只要每個整點在那個入口處的長方形大櫥窗前面集合即可。

其實平時老大的爸媽都喜歡自己到處走走，那天可能覺得新奇好玩吧！就決定要排隊等著那個整點才會有的解說員來帶我們逛公園。那個公園真的很大耶！整個解說有分為「公園規劃的由來解說、環境解說、大樹的解說、土壤解說、當地氣候及風向解說、池塘生態解說、昆蟲解說還有夜間生物觀察解說。」解說的種類真的還蠻多的！我們參加的那個整點解說加上我們全家人大約有 30 多人「抱在手上還有揹在背上的小貝比不算。」因為我是沿路算有幾隻腳，或是算有幾雙鞋子。總不會有很多隻做得一模一樣的鞋子！「這方法很讚吧！」

「沒辦法～因為我的身高限制，要我算腳有幾隻比要我算頭有幾個簡單容易多了！你說是嘛！所以算數這個東西就別強我所難了！我的觀察力只能到這個地方了。」整個解說過程中倒是偶爾會有多出幾隻做得不一樣的鞋子，我想可能就是路過對我們好奇而停下腳步的人吧！像我們那天是參加全程的解說。當天

因為老大的媽有言在先說：「小黑！你一路要跟好喔！因為我們是跟著一個團體在走的。」所以我的情緒從原本以為可以自己到處亂跑、亂跳到整個身體就是變得懶洋洋的，提不起什麼勁來。「因為得跟著大家一步一步地走，所以會走得很緩慢，走走又停停，停停又走走的跟在老大一家人身邊。」至於那個解說員從頭至尾在講什麼？表情是不是很認真嚴肅？還是風趣幽默？還是說得口沫橫飛？說真的我都沒什麼印象……反正我就是一路跟著老大一家人走就對了！這就是當天大概的情況！但是反倒是在回家的路上，老大就開始興奮的說：「等我長大之後也要做一個公園解說員！」

聽起來都很有趣……

但是老大之前的夢想很多，像是她曾經說過：「我想要當個廚師（因為可以天天吃到藍莓起士蛋糕）」，或是「當個護士（因為可以隨時幫病人打針）」，也曾經聽她說過：「我想當個交通警察（因為可以任意叫車子往那邊開，車子就得乖乖開去那裡）」，或是「當個計程車司機（因為想上班就上班，不上班就

不上班，想開去哪玩就開去哪玩）」。但她通常對夢想這件事情都是嘴巴說個幾天就不再提那個夢想了！所以老大爸媽也就對老大口中所說的夢想不是很認真在看待；我也覺得老大不管夢想是要做什麼都很好啊！反正一句話：「她就是我小黑的老大！」我沒有不支持她的道理啊！

所以我真沒有想到這次老大可以這麼有恆心的說想要當個公

園解說員。老大的爸媽看她一連幾天都還念念不忘當天公園的整個情形就鼓勵她說：「想要當一個好的解說員你就要會說故事啊！像是讓遊客可以清楚知道這整個地方的由來、還有你要怎麼介紹這個地方、要如何引起別人的興趣、讓遊客可以藉由了解這個地方進而喜歡這個地方、會讓他們想要經常來玩。所以解說員講故事的功力就很重要啦！」

有空就多練習……

老大應該是有把這些話給聽進去吧！所以我記得隔天一吃完晚飯後，老大就把我叫到她的面前，要我假裝當個遊客，當她的聽眾，開始她的說故事訓練。「呵～呵～」在這邊先打個岔說件爆笑的事；就是剛開始因為老大沒說她要做什麼，我也不知道也沒猜到她想要我做什麼，所以前面有好幾次她在練習時，她故事講沒多久，我想內容聽了半天都跟我沒有關係，所以我就搖搖尾巴跟她表示我可以先去瞇一下嗎？「沒辦法啊！我一吃飽飽的就想先去瞇一下」。

沒想到這時候老大竟然叫我說：「小黑！不要走！我的故事

還沒有講完哩！」所以這樣來回個幾次之後我才知道ㄛ……那個時候即使是說跟我完全沒有關係的事情，我還是要一直站在老大前面，除非老大主動跟我說：「嗯～好了！我講完了！你可以去睡覺了！」我才可以離開。「喔……」原來是要我假裝當她的聽眾「喔！了解了！」

可是我也有點想跟老大反應一件事情耶！那就是：因為她說的故事真的有點長，在這期間如果我的腳痠了，我可以先坐下來一會嗎？不是我不能久站，實在是因為她每次找我當她聽眾的時間是剛跟老大全家人吃完飯的時候。聽說剛吃飽的時候，因為食物都到肚子裡面去了，所以肚子會變得很重，所以為了肚子著想，還是要先坐下來一會會比較好。等腸胃消化一些食物之後，比較不重了，才站起來，免得肚子太重的時候一直站著可是會得胃下垂的。

快站不穩啦！

但對我而言，「胃有沒有下垂我是沒有什麼特別的感覺啦！」倒是我的腳腳可能是因為肚子太重了！所以如果我站久

了，感覺上我的四隻腳都會有些微微顫抖。加上每次剛吃完晚飯的時候，我的腦袋就會變得笨笨、慢慢的，「是我吃太多了嗎？」不曉得！反正就是老大嘰哩呱啦很起勁的一直在說她的故事，但我大概只聽進去片段的內容。

在這裏我要鄭重聲明一下：「不是老大說故事說得零零落落的」，而是很多時候我的腦袋都呈現一種放空的狀態。可能就是每隔好一陣子恍神放空之後，回過神來我才發現老大已經在講和剛剛不一樣的東西啦！「嘻～嘻～」這時候我就有點小慶幸說：「好險我小黑不會說人話！只會汪汪叫」。不然如果老大真要問起我說：「我故事講得好不好？哪一段最好？哪一段要改進？為什麼？」我真說不出個大概的話，不就會被她發現我沒有認真在聽她說故事了嗎！「呵～」我怎麼可以不是個好聽眾呢？那我可就糗大了咧！

不過幾次練習下來，雖然我沒有一次很完整的聽完老大的故事，而且老大的故事內容每次也不太會一樣，但是我發現老大好像很喜歡說「尼斯湖水怪」這一段故事哩！因為不管她再怎麼說，從什麼地方起頭？故事裡的主角有誰？她每次都會講到這個大水怪

耶！有時候她一提起勁來還會說她見過尼斯湖水怪在池塘邊出現過兩、三次喔！

這樣說，真的可以嗎？

可是這幾天我冷靜的想了想她的故事，好像不太對耶！因為電視裡面的尼斯湖水怪好像跟恐龍一樣大哩！「那可不得了！」電視裡面的恐龍可以一腳踩死人，也可以輕輕就把人給抓起來抓

到半空中，不管牠是要把人吃進肚子裡面，還是用力一甩，人就不曉得會飛多遠哩。你們可千萬要相信我啊！「那個力氣真的很大！」肯定比老大的爸爸更厲害。（因為有次老大爸爸不小心跌坐在我的背上，天ㄚ！我整個身體從原本站好好的到立刻腳癱軟蹲坐下去，一點都不誇張喔！我就知道老大爸爸的力量不小。但是電視上面的恐龍就是可以輕而易舉地把像老大爸爸那樣的大人不費吹灰之力地一把抓起來……「哇！那力氣有多大啊？」那個力道、力量絕對不是我們可以想像的。

所以這樣一來，如果老大跟大家說她在那個池塘邊看過尼斯湖水怪幾次，這樣會不會把一些人嚇跑呢？那不就沒人敢去那個公園玩了嗎？「嗯！」我覺得老大的故事可能需要做個小小的修改；就是如果老大真的那麼喜歡她的故事裡面有個尼斯湖水怪的話，那要不要說是：「我在那個池塘邊見過幾顆尼斯湖水怪的蛋」就好了呢？這樣大家聽起來會不會覺得比較好一點？

小黑──女生
白色拉不拉多狗

男主人──人類
又名『老大的爸』

女主人──人類
又名『老大的媽』

小主人──人類
又名『老大』

小主人的弟弟──人類
又名『老大弟弟』

後記

記得從小到大，週遭的好友愛寵物的人士不知凡幾，以養狗養貓的佔大多數。但我卻沒有真正好好的養過或對待過一個寵物直到牠壽終正寢。我的意思是我有朋友因為她在路邊撿來的狗狗長得好醜（就是那種身上花色黑黃白三色嚴重分布不均的流浪犬），在養了幾年之後，因為意外過世讓她哭了整整超過二個禮拜，真的是哭到眼睛周圍都黑青黑青浮腫浮腫的，跟她講話講沒幾句又哭起來，不明就裡的人還可能以為她是不是肉毒桿菌打失敗了，才會那麼傷心，有那樣奇怪的反應，真的不誇張。那陣子圍繞在她身邊所有的話題幾乎都是她那隻曾陪伴她歷經失戀、失業心愛的嘟嘟，這是一個例子。

另一個例子是有朋友省吃儉用大都只在家開伙，除非什麼重要節慶才願意出來和朋友聚個餐，但他卻願意每個月花將近 1／3 的薪水把一隻他在颱風夜裏撿到的一隻貓咪帶回家照顧。本以為只是養一隻小貓咪應該花不了多少錢，結果沒想到過沒多久牠竟然生了一窩小貓咪，有二隻黃的、一隻白的、另一隻是走混搭風的、就這樣……他成了這五隻小貓咪的家人。本來以為他會一隻、一隻送給朋友養，我也看上那隻先冒出頭的小黃貓，還沒來得及開口跟他要，沒想到他卻像是和牠們有了家人情感似的，一隻都捨不得送。那種堅持的想法和情感就像是一部叫做「一個都不能少」的電影。他讓牠們安心住下來，除了免費提供吃、住還負責牠們日常的清潔、打掃、餵食、玩樂，最後還把自己整個家讓出來。每次去他家都可以在臥室、廚房、浴室、陽台、客廳……看到貓咪逗留的影子，他也把牠們都照顧的很好，很乾淨、很乾淨。

所以和這些養寵物的朋友比較起來，我只短暫的養過一隻母的白色小土狗、一對小白老鼠夫妻、還有一隻我忘了性別的巴西小烏龜。那隻小土狗是我跟班上同學要來的，但就在我養了幾個

月後，因為牠的身材變得越來越高大挺拔，家裡的活動空間變得實在很有限，所以爸媽覺得如果讓狗狗每天生活在公寓而沒時間常帶牠出去溜達、溜達的話，簡直是在虐待牠，所以他們就提議送給當時樓下的警衛老伯伯。那時的我沒有堅持，所以狗就這樣被我無情的送走了。

至於養小白老鼠是我最花心思的一次養寵物經驗。當時的我不只常跟牠們打招呼講話，還常常把牠們抓到手上來玩，讓牠們在我書桌上爬來爬去，一會爬上桌燈，一會聞聞我的鉛筆盒，偶爾體驗那種被鉛筆盒蓋起來之後裡面伸手不見五指的感覺。另外我還堅持牠們每天都要去跑幾下籠子裡面的那個五彩 360 度

旋轉摩天輪……但在一個稍有涼意的清晨，當我一覺起來時，發現籠子裡面竟然多了三隻好小好小每隻身長可能連 1 公分都不到的粉紅色無毛小白老鼠寶寶，記得那時的牠們卻散佈在籠子的不同角落。我擔心牠們會被冷到，所以就自作聰明的把牠們移到飼料旁邊，或者乾脆迫不及待地把兩隻小白老鼠抓到三隻寶寶的身邊，希望點醒牠們不要只顧談情、玩耍，希望牠們可以對寶寶們有更多的照顧……事情到後來的發展也是因為我沒時間照顧，所以整個連同籠子又原封不動的買二卻送三的送還給寵物店老闆。

至於那隻巴西小烏龜，陪伴我的時間就更短了。本來是希望可以帶牠跟我一起上下班的，（就像在路上常看到有人提著一個半密閉式的籠子，有一邊有像關犯人一樣的一條、一條窗戶，可

是裡面可能卻裝了隻無名，但卻擁有好幾技之長的小狗、小貓、或變色龍之類的）。在家裡時我可以把小烏龜放在我的衣服口袋裡，不管我是在看電視、講電話、蹲廁所、還是澆花……牠都可以陪著我。而且因為牠的優點就是跑的速度也不快，不會像小白老鼠一樣，牠每次很快就會被我找到，又無臭無味的……照理說牠有這麼多的優點我應該可以跟牠好好相處個一年半載的才是。可惜是這次的經驗又是還養不到幾個月又因故把牠連同水族箱一起送還給當時買的寵物店老闆……所以總結是對我而言與寵物的緣分一直都是很短暫的。

最後謹把此本書獻給所有陪伴我們走過不同歲月的動物們；也希望牠們在陪伴我們的過程中也是愉快的……

讀後感

小黑三部曲
小黑，你一定可以的！讀後感

姚彥淇　教授

國立臺北護理健康大學通識教育中心助理教授
國立臺北護理健康大學旅遊健康所合聘助理教授

因為自己從小到大都是住公寓，受限於環境所以家裡一直沒有養過貓狗之類的寵物，對於「狗兒是人類忠實伙伴」的這種想法或感情，都是透過像「我家也有貝多芬」這類電影來間接想像的。

後來到南部求學時在外租賃獨居，為了讓小房間裡除了電視之外還有其他活潑的氣氛，所以開始嘗試養一些水族生物。開始是從一些「聽說」比較好養的燈科魚類入手，不過養了幾次之後發現每批魚兒的「生命週期」都不太長，為了不要再製造「虐待生命」的內疚感，就不再繼續養新魚了。後來在網路上偶然發現有人要出讓兩隻小金魚，心想金魚應該算是環境適應力強的觀賞魚種，所以就決定再給自己一次機會，接手續養這兩隻小金魚。

這兩隻金魚一隻是泡泡金魚，一隻是獅頭金魚，雖然體型都不太大，不過兩隻金魚從姿態看起來都活潑健康。平常的照顧也很簡單，只要每天固定餵食飼料還有視水質情況換水即可。

這種同享魚水之樂的生活漸漸成為常態，直到畢業要離開學校返家前夕，打包家當的同時還在籌劃該如何帶這兩位伙伴一起北返共居。可是萬萬沒想有一天回到住處時，發現泡泡金魚一動也不動的靜靜沉在缸底，其實這樣的情況已經持續了一兩天了，原本以為只是活動力稍弱而已，沒想到卻是泡泡金魚即將走到生命的盡頭。

雖然明知情況不樂觀，但還是不願意就這樣放棄，希望再過段時間能有奇蹟發生。在這段等待奇蹟的時間裡，獅頭金魚連續好幾天都緊緊的依偎在「室友」身旁，後來我才明白這一切其實早有徵兆，牠一直都在為正在與生命奮戰的同伴加油打氣，也陪著同伴走過生命的最後一程。

但無奈奇蹟終究沒發生，泡泡金魚無緣跟著我和牠的伙伴北

上一起迎接生活。在反覆確定一切都已成定局之後，我無奈的將泡泡金魚從缸底裡移出，讓牠正式與伙伴分離。那一刻現在回想起來，眼眶還是會有點溼溼的。我左思右想後決定讓泡泡金魚長眠在校園內水池旁的一棵大樹下，希望一生長居在室內水缸中的泡泡金魚，雖然之前沒有機會悠游在遼闊的大池之中，但從今爾後可以長居在這自然佳景之中。

我帶著泡泡金魚從住處到學校水池邊，直到將泡泡金魚入土的那一刻，自己的心情始終都是酸酸的。後來我把這件難過的事告訴了在外地工作的太太，她溫語的安慰我說這隻泡泡金魚其實年事已高，有此結局也在預料之中。

受到此事刺激的我在為獅頭金魚搬家的過程就更謹慎行事，特別用一個透明且有開口的大水瓶將獅頭金魚導入瓶內，然後將水瓶放在手提袋內小心翼翼一路提回臺北。幸好一路顛跛的回到家後，獅頭金魚的健康情況依然良好，我準備了一個較小的魚缸，開啟牠在臺北的新生活。

不過隨著日子一天一天的過去，獅頭金魚也漸漸顯出了老態，不但食量開始變小，而且活動力漸不如前。直到約莫半年後的某日，不希望發生的事還是發生了，這回換獅頭金魚靜靜的沉在缸底，安詳的有如很早就在等待這一天的到來。後來我讓獅頭金魚長眠家中頂樓種果樹的大花盆裡，讓牠每天與朝陽夕暉為伴。一切的感覺就像上回與泡泡金魚告別的重演，那陣子跟太太談起此事就會自動有種酸楚感湧上心頭。

會拉拉雜雜說這個「金魚與我」的故事，都是緣於閱讀了家賓的「小黑三部曲」系列，才勾起有關這件事的回憶。而為了不要再嘗同樣的離別之苦，到目前為止我也沒再養過其他的寵物或水族。

最近我在課堂線上教學平台的討論區裡分享了一則素描漫畫，主旨是呼籲大家不要隨便棄養我們人類「最忠實的好朋友」，因為漫畫的情節太令人動容，同學們的反應很熱烈，有人分享自己與家裡狗狗的生活經驗，有人苦口婆心的說既然決定要養就該負責到底，當然更有人痛斥棄養的人是多麼沒心沒肺……

總之，同學們都一致認為我們不該隨便拋棄這些曾經陪伴過我們的好朋友，不管是狗狗還是其他寵物。但「陪伴」為什麼對我們的生命如此重要？而其中的意義又為何？我們似乎很少去

認真思考過，我想不應該只有「害怕寂寞」這個理由而已吧。

曾經擔任過中研院副院長的知名考古人類學家張光直先生，曾經針對中國遠古文明型態提出過一個「薩滿文化理論」，一般文史學者或研究生對此論題應該不陌生。

張先生這套理論不但享譽國際，而且直到現在還非常有參考價值，也不斷被學者援引用來解釋上古宗教文化中的某些常見現象。張先生說薩滿型文化的一個重要特徵之一，就是團體中具有神力的巫師往往能藉由「動物伙伴」的協助，來完成昇達天界、上通神明的任務。雖然在古代文學家的筆下，這些「動物伙伴」往往是出自神話或想像的靈獸，不是我們日常生活中常見的動物，例如《楚辭 · 離騷》中的屈原，是靠著神鳥鳳凰為其坐駕前驅，才能「上下而求索」飛入天上仙界。張先生的理論不少人都唸過，可是為什麼大文豪屈原或是其他神通廣大的古代巫師們，不能光憑自己的力量，反而是要借助「動物伙伴」之力才有辦法登天界呢？不僅是屈原，也沒有一個古人告訴過大家原因，不過近日讀了家賓的「小黑三部曲」系列，讓我對這個問題有個比較特別的想法。

「小黑」全系列是家賓透過家犬小黑的視角和立場，來模擬小黑與家人互動過程和內心世界。人類往往習慣從自身的立場來評價或猜想「他者」的感受，可是這種習慣往往會陷入以人類為中心的霸權思維而不自知，人類之間不同的文化和族群都會有觀念上的鴻溝，更何況不同的物種之間呢？只是寵物無法使用人類的語言表述自己的想法，所以我們僅能靠一些有限的資訊來做推測。

但即使與寵物情同家人、朝夕相處，但可保證一定就能全部理解對方的情緒和感受嗎？家賓筆下的小黑就常遇到這些尷尬的處境，世界最無奈的事之一往往就是同處一屋簷下，雖然彼此疼惜但卻又無法凡事心意相通吧。不過生命中縱使有這些令人無奈的事（我們人類不也如此嗎？），但依然沒有阻止小黑去付出對家人無盡的關懷與愛。雖然在過程中遇到不少自我認同、價值選擇、歧視誤解……等挫折，但這些挫折最後都昇華成為勇氣，讓小黑與老大及老大爸媽，成為更相愛相親的一家人。

在處理人與寵物之間的關係時，我們往往自動將自己定義為「主」，並將對方定義為受教於我之「物」。但是在遙遠的上

古時代，那些智慧高深天賦異稟的大巫師們，並沒有被這種僵硬的教條思維給束縛住，很早就發現了純善忠實的「動物伙伴」們其實才是我們真正的心靈導師，屈原或其他大巫師們有如科幻片情節的上天下地飛天求索，同時也是一趟追隨動物伙伴學習的生命啟蒙之旅，旅程中動物伙伴們教導我們生命裡兩個最重要的課題－「勇氣」與「愛」。

所以屈原在乘玉虬逆風飛昇時，必定要先請英明的鳳鳥為之前導開路，因為生命裡如果沒有愛和勇氣的指引，我們怎麼會知道自己沒有迷失方向或誤闖歧路呢？如同「老大」有小黑一樣，我們的生命中曾經成為家人的動物伙伴，不管是喵星人、汪星人還是小金魚，都是我們的生命中難得的啟蒙老師。就像在線上教學平台上大聲疾呼千萬不能棄養寵物的可愛同學們，他們有幸從動物伙伴那裡學習到生命中寶貴的第一課－「責任」，那是愛與勇氣最重要的基礎。謹以此文推薦大家共同參與由小黑所帶領的這場生命啟蒙之旅，也感謝曾經陪伴我和太太一段不短的時間，並且教導我們要更加珍愛生命和家人的「泡泡」和「獅頭」。

國家圖書館出版品預行編目資料

小黑首部曲之毛起來愛的小黑／馮家賓 作；
－－臺北市：時兆, 2016.5
面；　　公分.－－
ISBN 978-986-6314-62-9（平裝）

859.6　　　　105006500

作　　者　馮家賓

董 事 長　李在龍
發 行 人　周英弼
出 版 者　時兆出版社
客服專線　0800-777-798
電　　話　886-2-27726420
傳　　真　886-2-27401448
地　　址　台灣台北市10556松山區八德路2段410巷5弄1號2樓
網　　址　http://www.stpa.org
電　　郵　service@stpa.org

封面設計　時兆設計中心　李宛青、戴中儀、戴漢璉、戴小白
美術編輯　時兆設計中心　李宛青
法律顧問　元輔律師事務所　TEL：886-2-27066566

商業書店　總經銷　聯合發行股份有限公司 TEL：886-2-29178022
基督教書房　基石音樂有限公司 TEL：886-2-29625951
網路商店　http://www.pcstore.com.tw/stpa
電子書店　http://www.pubu.com.tw/store/12072

ISBN　978-986-6314-62-9
定　　價　新台幣160元
出版日期　2016年5月　二版一刷